增訂版

規矩與方圓

從經典作品學習寫作

朱少璋 著

匯智出版

目錄

自序
——經典作品驥尾上的小飛螢

一

　　純屬美麗誤會。芥川龍之介搭乘的那列火車還未鑽出隧道我就收筆了。

二

　　長年在中學任教的老朋友說，2021年香港高中中文科公開考試的閱讀卷以芥川龍之介的〈橘子〉擬題；我的《規矩與方圓》正好引用過這篇作品做例子：「有老師認為此書對考試有幫助，紛紛建議訂書，為新學期的寫作教學做好預備。」

　　《規矩與方圓》已是十幾年前寫的書，我一時間真的記不起在書中舉過甚麼例子。翻檢一下，當年果然在書的收筆處引用了芥川龍之介及陳思和的作品。芥川的那段引文抱歉我完全忘了是哪位譯者的中譯本，題目卻是〈大紅橘子〉，與公開試試卷引用的譯本並不相同。我

在書中只節錄了二百餘字，主要用來說明「白描」的效果——故事中火車上的小姑娘還沒有把橘子拋出車窗外——相信這段引文與考題關係不大。

可是事有湊巧，月前出版社通知《規矩與方圓》2008年初版的一、二刷書都售清了，卻還陸陸續續有讀者查詢，要求下單團購。這書出版了十幾年，售書速度真的只能用「細水長流」來開脫，可幸出書時早有心理預備，我和出版社的主責編輯羅先生都有相同信念：書，總有需要它的讀者。當年下筆寫《規矩與方圓》的策略是，以經典作品為例說明幾種與寫作有密切關係的能力；我因此深信此書一定不容易成為明日黃花：《規矩與方圓》是附在經典作品驥尾上的小飛螢，雖光微力薄，仍可遠至千里。

重看舊著，總會發現若干不滿意的地方，忍不住換掉了幾個例子，心有不甘又移動了部分段落的位置。最後更索性把初版的五章內容擴充補寫成六章。如此才稍稍自覺對得起過去十幾年的自己，而把這個新版本稱為「增訂版」也就更為名實相副。雖說「增訂」，但也有刪削的部分。比如隨初版書附送的《名家名作超連結》，本意是簡介書中提及過的名家名作，贈本獨立印成64開小冊子無非為讀者提供一點方便。考慮到十幾年後的今天，讀者要在互聯網上搜尋名家名作的簡介，只一彈指間事

耳；小冊子相信連「超連結」的喻體價值都沒有，於是狠下心腸：省了就算。

可是，初版書的前言和後記中，有部分信息我始終捨不得刪掉。這兩段文字當然有令人不滿意之處，但部分內容卻真切地記錄了一些值得保留的想法；綜合改寫成「結語」移放到「增訂版」的卷末，反正也不太佔篇幅，可以留個紀念。

三

火車，終於鑽出了暗黑的隧道，看看快要駛過前面不遠處的道岔了，小姑娘揣在懷裏的幾個大紅橘子也差不多是時候要給拋出車窗外了……。

可是小姑娘卻永遠不知道：她，還有那幾枚大紅橘子，竟會給寫進芥川龍之介的作品中去。

2021 年 7 月
寫於浸會大學東樓

試釋「經典」

卡爾維諾在〈為甚麼要讀經典〉中為「經典」及「經典作家」下了十多個定義，當中最值得注意的是以下四項：

1. 經典是我們常聽人說，「我在重讀……」而不是「我在閱讀……」的那類書。

2. 每一次重讀經典，就像初次閱讀一般，是一次發現的航行。

3. 經典不一定教給我們以前不懂的東西。在經典中，我們有時發現的是某種自己已經知道（或者以為自己知道）的東西，但不知道是該作者率先提出的，或者至少以一種特殊的方式與其聯繫在一起。這同樣是一種帶給我們莫大歡愉的驚喜，就像我們總能從對血統、親屬關係和姻親關係的發現中獲益。

4. 經典作家是那類你不可能置之不理的作家，他有助於界定你與他的關係，即使你與他有分歧。

既有巨人在前，且不妨站在巨人的肩上，以這四個定義作為本書立論的基礎和前提。

「經典是我們常聽人說，『我在重讀……』而不是『我在閱讀……』的那類書。」

那是說：經典有重讀的價值，原因是經典內容豐富，層次多而具一定深度。因此讀者不可能讀一次就可以提取經典中的所有養分和好處，只有在重讀而又重讀的過程中，才可以慢慢地吸收經典中的養分。可以說，「耐讀」是經典的重要特質。

口香糖一類的文章或書籍一定不是經典，因為沒有人會重嚼一片已經嚼過三四遍的口香糖。如果我問：一本極三八的娛樂雜誌跟《紅樓夢》相比，哪一種是口香糖呢？哪一種書你會重讀再重讀的呢？

極三八的娛樂雜誌可以提供的樂趣是極短暫的（主題庸俗與否且置勿論），讀者在雜誌中得到了即時的滿足，但重看時這種滿足感已變得陳舊，而在雜誌的報道當中也再沒有其他深層的價值存在，當然引不起重讀的動機了。極三八的娛樂雜誌報道某女藝人為奪得獎項而巴結奉承上司……像這樣的內容稍為具素質的讀者都不會有興趣再看第二次。《紅樓夢》成書至今已二百多年，今天還有讀者在悲金悼玉，講林妹妹講寶哥哥，還能唸〈好

了歌〉：「世人都曉神仙好，惟有功名忘不了。古今將相在何方，荒塚一堆草沒了⋯⋯。」我在一次公開講座上以〈好了歌〉中「好、了」兩個概念為例，說明翻譯之妙，我有感而發，說「古今將相在何方，荒塚一堆草沒了」兩句大可迻譯作 " from chair to air "；場上大部分聽眾登時起哄鼓掌——若不是經典，如何經得起不同時代的人、不同國籍的人去一讀、再讀呢？

「每一次重讀經典，就像初次閱讀一般，是一次發現的航行。」

那是說：經典蘊含的價值較「永恒」，因此歷久常新，加上層次豐富，讀者每讀一次，就會有不同的新發現或體會。

有人說第一次讀《聖經》覺得是在看以色列人的歷史，再看多次就覺得在看全人類的歷史。

個人的經歷和際遇天天不同，想法和理解能力也天天在變，經典作品的特點就是容讓我們在不同的成長階段中汲取不同的養分，也容讓我們因應不同環境上的需要而在作品中各取所需。經典作品不變，但卻能啟發讀者改變自己的想法或角度。

禪宗大師青原行思參禪的三重境界是：

> 參禪之初，看山是山，看水是水；禪有悟時，看山不是山，看水不是水；禪中徹悟，看山仍然是山，看水仍然是水。

換個角度看，經典作品是山，是水；山和水都沒有改變，但卻能改變讀者的想法，啟發讀者想得深入些、具體些。正因為經典作品往往潛藏着驚人的啟發功能，因此每次重讀就是對經典來一次「新」的檢閱。蔣勳說得很好：《紅樓夢》是可以讀一輩子的書，我們不只是在讀《紅樓夢》，我們在閱讀自己的一生。

陳思和談讀書經驗，認為好書是可以讀一輩子的。他的《中國現代文學名篇十五講》就賞析了不少佳作。經典作品，當然在「好書」之列。

「經典不一定教給我們以前不懂的東西。在經典中，我們有時發現的是某種自己已經知道（或者以為自己知道）的東西……」

那是說：經典不是陳義極高、站在學術高地而脫離群眾的小眾讀物，相反，它是很平易近人的。在經典中我們也許可以找到某些「新」的信息，但更多時候是在經典中找到共鳴和親切感。那正是「帶給我們莫大歡愉的驚喜，就像我們總能從對血統、親屬關係和姻親關係的發

現中獲益」的意思。經典的吸引力主要來自引發讀者內心共鳴，共鳴能引起閱讀或重讀的動機。

　　小孩子在床頭聽母親講「白雪公主」的故事，聽了三百六十五遍還是要聽，因為經典故事中「某種自己已經知道」的信息，很能一次又一次地引起孩子的共鳴，每重聽或重讀一次就幾乎是再一次的肯定心中的共鳴感。我們不妨重讀一下白居易經典名作〈燕詩〉：

> 梁上有雙燕，翩翩雄與雌。
> 銜泥兩椽間，一巢生四兒。
> 四兒日夜長，索食聲孜孜。
> 青蟲不易捕，黃口無飽期。
> 嘴爪雖欲敝，心力不知疲。
> 須臾十來往，猶恐巢中饑。
> 辛勤三十日，母瘦雛漸肥。
> 喃喃教言語，一一刷毛衣。
> 一旦羽翼成，引上庭樹枝。
> 舉翅不回顧，隨風四散飛。
> 雌雄空中鳴，聲盡呼不歸。
> 卻入空巢裏，啁啾終夜悲。
> 燕燕爾勿悲，爾當返自思。
> 思爾為雛日，高飛背母時。
> 當時父母念，今日爾應知。

作品的主題是講「孝道」，講子女與父母的關係。這種主題絕非白居易新發現的，讀者在閱讀這詩時，相信不會覺得自己在閱讀一種全新主題或感受一種全新經驗，反而是那種略帶熟悉的親切感引起了內心深處的共鳴：屋梁上有雌雄兩隻燕子，很輕快地飛來飛去。牠們把泥土銜到兩條木椽的中間，築起巢來，按着孵了四隻小燕子。四隻小燕子一天一天地長大，不停地發出吱吱的討食物的聲音⋯⋯似曾相識的片段，自己也曾經是詩人筆下的「小燕子」。母燕辛苦勞碌地過了三十天，母燕子瘦了，小燕子一天天胖起來。跟着，母燕子便喃喃地教小燕子說話，又為牠們逐一洗刷羽毛，終於到了一天，小燕子羽翼長成了⋯⋯母燕用心照顧雛燕的片段，也是讀者感到親切的，讀者很容易由詩人營造的意境中聯想到自己的父母，再聯想到父母對自己的關愛；總覺得作者（白居易）處處先得我心。小燕子翅膀長得強壯了，母燕子帶牠們到高樹上學習飛行，那些小燕子拍着翅膀，隨着風四處飛去，不再回來了⋯⋯背棄父母的行為，令讀者有着深層的反思：自己會這樣做嗎？會，是基於甚麼理由？不會，又基於甚麼理由？以上的反省自問在生活中也許思考過不只一次的了，只是在閱讀這首詩歌時會令讀者更深入、更集中地思考這問題——燕子啊！燕子啊！你不要悲傷，你應反過來想一想，當你自己還是小

燕子，離開母親的時候，當時父母思念你們的心情，現在你應該很明白了……如果是未曾為人父母的讀者讀到這一節，會覺得詩人的想法頗有「新鮮」之感，因為「當時父母念，今日爾應知」是衝着母燕而說，讀者剛要責備小燕背棄父母，作者卻來一個「逆向思維」，把焦點轉放在母燕身上。如果換了是已為人父母的讀者，讀到「爾當返自思。思爾為雛日，高飛背母時」三句時，讀者自省之情就油然而生，從而產生共鳴。

〈燕詩〉之所以成為經典，是作者用淺白的文字、優美的韻調表達了「人之常情」，作品的讀者是世間上兩種必然存在但又最平凡不過的人——（1）為人子女者；（2）為人父母者。可以說，〈燕詩〉的寫作對象明確，主題簡單平凡，而千百年來感染了不少讀者，讀者一讀再讀，還教下一代讀；我就曾寫過一首以〈課兒〉為題的詩，最末兩句說「感同我亦為人父，夜夜燈前課燕詩」，表達的正是由〈燕詩〉所引起的共鳴。

作品的魅力就是它能道出人類之共性，可以說是平凡不過，但也正是其不平凡之處。

「經典作家是那類你不可能置之不理的作家，他有助於界定你與他的關係，即使你與他有分歧。」

我會補充這個定義為：「經典作品是那類你不可能置

之不理的作品。」那是說：經典作家地位特殊，不可能置之不理，主要原因是由於作者本身也同時由於作品本身。我的焦點會由作家推向作品，即是說：經典作品是不可能置之不理的。

讀者有自由也有權利不喜歡某些經典作品（也可能是不認同經典中的某些主張），但卻不可以不接觸它，最低限度不可以「不知」、不可以「不讀」。

比如說，讀者不一定都要喜歡《紅樓夢》。蔡康永在〈一屋子王熙鳳〉一文中，就記述了他與「超級紅樓迷」白先勇的一段有趣對話——白先勇問他：「那你喜歡《紅樓夢》吧？」蔡康永卻說：「不喜歡，他們老在吃飯。」

不管蔡康永怎樣答，我們都得尊重他所下的評語和所作的選擇，我也聽過不少年輕人跟我說不喜歡《紅樓夢》，那不打緊，重要的是喜歡與不喜歡是要經過最少一次「閱讀」才可以下的判語。蔡康永說「不喜歡」，具體理由是「他們老在吃飯」，足證他有閱讀過原書。當然，他的歸納是否過於簡單化尚有討論餘地（也許他是在跟白先勇說笑），但「即使你與他有分歧」也「不可能置之不理」卻是對待經典作品的正確態度。

雖然不是每一位讀者都喜歡《紅樓夢》，但如果有一位瘦弱而帶點病態的女孩子在眼前，我說「她真有點像林黛玉」的時候，我其實是要表達甚麼意思呢？讀過《紅樓

夢》的讀者都一定知道林黛玉在書中給描寫成一位從小體弱多病、從會吃飯便開始吃藥的小姐。如果我對一個高中以上程度的學生講「她真有點像林黛玉」而他／她竟不能理解，那該是講話者的責任呢？還是聆聽者的責任呢？讀者能把林黛玉「置之不理」嗎？

即使是無神論者也該讀一下《聖經》，偏好顏真卿字體的書法家也不可以把王羲之置之不理。

認識經典的理由

一、有責任認識經典

　　不是刻意陳義過高，而是事實：每一代的人都有「責任」認識經典。要認識經典首要接觸經典，接觸經典最直接的方法就是「親炙」——閱讀。

　　現代的人常強調學習的趣味，這種所謂「趣味」有時會流於庸俗。為了吸引學生閱讀，教學中經典的部分越來越少，這是源於一般人對經典存在着誤解。好些人以為經典一定沉悶，一定不合學生的口味；於是向學生提供太多經典以外的「點心」。所謂「點心」是指讀物雖帶點趣味，但在內容上或表達手法上以至感情上都未夠得上「經典」的標準。學生大量閱讀「點心」當然會樂一陣子，但教育效果卻不一定理想。孩子天天吃點心而不吃飯，可以嗎？以趣味主導閱讀是可行的，但趣味並不是閱讀的唯一導向。閱讀某本書有時也是為了肩負某種「責任」的。

講到閱讀的「責任」，我並非要給讀者加添不必要的壓力，而是要把事實講清楚。1942年新文學名家朱自清寫了一本小書，書名是《經典常談》，朱自清在這部小書的序言裏寫道：

> 經典訓練的價值不在實用，而在文化。有一位外國教授說過，閱讀經典的用處，就在教人見識經典一番。這是很明達的議論。再說做一個有相當教育的國民，至少對於本國的經典，也有接觸的義務。

任何時代、任何國家，國民對於本國的經典都應抱持「承傳」和「珍惜」的態度，這是對一個略具文化修養（意識）的人最起碼的要求。中國文化研究所所長劉夢溪在《中華讀書報》上也曾刊文提出過以下的觀點：

> 今天為甚麼還要讀中國的這些經典？我想主要是為了文化傳承的需要。如果你不想完全拋棄自己的民族文化傳統，那麼閱讀代表自己文化傳統的典範性文本，是承繼傳統的一種必要的方式。

劉夢溪講及的「閱讀代表自己文化傳統的典範性文本」是任何人都有責任盡其所能去做的事。只要你把某部經典翻一次——即使一知也好半解也好——都已在國民的文

化跑道上接了一棒。

前人說「薪盡火傳」，是說「窮於為薪，火傳也，不知其盡也」。燭薪雖然會有燒完的時候，但火種卻可以一直傳下去，不會窮盡。每個具素質的國民都有責任「傳薪傳火」。中國的經典作品尚在，可說是薪未盡；火，又怎會滅呢？

二、認識經典有具體好處

朱自清提出「經典訓練的價值不在實用，而在文化」的觀點雖然正確，但我們也不妨從實用或功利的角度去理解「為甚麼要認識經典」。

我們日常生活中必定存在「傳意」和「表達」相關的活動，這都要在「認識經典」的前提下得以完成。孔子說過「不學詩，無以言」，《詩》在當時或在今天，都無疑是經典。我們每天都用話語或文字跟別人溝通，話語和文字的內容幾乎離不開經典。你認識的經典越多，個人的溝通能力、表達能力和理解能力也就相應地得到提升。以下就「經典與聆聽的關係」、「經典與講話的關係」、「經典與閱讀的關係」及「經典與寫作的關係」四個小分題，略談一下「經典」在日常口語溝通與文字表達上的重要性。

1. 經典與聆聽的關係

經典就是大部分人都接觸過並且有一定認識的作品，如前文所說，經典從來就不只是屬於小眾的，莫說是文學作品，就是日常口語溝通，我們還是不可能把經典「置之不理」的。傳統的學習本來就是以學習「經典」為主，就是要達到溝通的目的，在日常生活中要做一個成功的「聆聽者」，首要條件是要認識經典。

譬如說：有人把「頑童」講成是「孫悟空」；把「聰明的人」講成是「諸葛孔明」；把「高明的醫生」講成是「華佗再世」；把「虛張聲勢」講成是「空城計」；把「美人」講成是「西施」；把「講道理、說教」講成是「講耶穌」⋯⋯當中的孫悟空、諸葛孔明、華佗、空城計、西施和耶穌都是來自經典，聆聽者可以置之不理嗎？成功的聆聽者應該跟講話者處於同水平的溝通平台上，溝通才會有效。及格的聆聽者應用盡方法接觸經典，以求有效地理解不同話語的內涵和意蘊。

2. 經典與講話的關係

講話也得用上經典。講話運用經典並不是要賣弄文才，而是因為運用經典是有效的傳意手段。某人說：「你一定逃不出如來佛祖的五指山。」這句話表達意思豐富，具體而生動有趣，用的是《西遊記》的內容。你也許會發

現在日常生活中總有些人講話會令你印象特別深刻，如果你仔細分析一下，不難發現在其話語當中深藏着濃厚的經典氣息。梁啟超是中國近代演說名家，他的演講辭後人都已輯成專書，成為演說詞的「經典」，我們不妨讀一下他的一篇演講詞〈敬業與樂業〉：

> 怎樣才能把一種勞作做到圓滿呢？惟一的秘訣就是忠實，忠實從心理上發出來的便是敬。莊子記疴僂丈人承蜩的故事，說道：「雖天地之大，萬物之多，而惟吾蜩翼之知。」凡做一件事，便把這件事看作我的生命，無論別的甚麼好處，到底不肯犧牲我現做的事來和他交換。我信得過我當木匠的做成一張好桌子，和你們當政治家的建設成一個共和國家同一價值；我信得過我當挑糞的把馬桶收拾得乾淨，和你們當軍人的打勝一支壓境的敵軍同一價值。大家同是替社會做事，你不必羨慕我，我不必羨慕你。怕的是我這件事做得不妥當，便對不起這一天裏頭所吃的飯。所以我做這事的時候，絲毫不肯分心到事外。曾文正說：「坐這山，望那山，一事無成。」我從前看見一位法國學者著的書，比較英法兩國國民性質，他說：「到英國人公事房裏頭，只看見他們埋頭

執筆做他的事;到法國人公事房裏頭,只看見他們銜着煙卷像在那裏出神。英國人走路,眼注地下,像用全副精神注在走路上;法國人走路,總是東張西望,像不把走路當一回事。」這些話比較得是否確切,姑且不論;但很可以為「敬業」兩個字下注腳。若果如他所說,英國人便是敬,法國人便是不敬。一個人對於自己的職業不敬,從學理方面說,便是褻瀆職業之神聖;從事實方面說,一定把事情做糟了,結果自己害自己。所以敬業主義,於人生最為必要,又於人生最為有利。莊子說:「用志不分,乃凝於神。」孔子說:「素其位而行,不願乎其外。」所說的敬業,不外這些道理。

在這段講詞節錄中,我們可以看到梁啟超對經典的認識多而且深,他引用了孔子、莊子、曾國藩等經典人物的經典言論,令講詞更具說服力和感染力。其中用《莊子》〈達生〉篇中的經典寓言尤使聽眾印象深刻。「痀僂承蜩」的故事是:

> 仲尼適楚,出於林中,見痀僂者承蜩,猶掇之也。仲尼曰:「子巧乎!有道邪?」曰:「我有道也。五、六月,累丸二而不墜,則失者錙銖;

累三而不墜，則失者十一；累五而不墜，猶掇之
也。……雖天地之大，萬物之多，而唯蜩翼之知。
吾不反不側，不以萬物易蜩之翼，何為而不得？」
孔子顧謂弟子曰：「用志不分，乃凝於神，其痀僂
丈人之謂乎！」

成玄英《疏》：「承蜩，取蟬也。」郭慶藩《集釋》云：「承，
讀為拯。拯，謂引取之也。」這個經典的寓言故事講孔
子出遊楚國，遇見一位駝背老人，舉着竿子捕蟬，像從
地上拿東西一樣方便。他問老人家有甚麼秘訣。老人
說：「剛開始捕蟬，我經常一隻也抓不到，此後我就專心
一致，情況就改善了，到後來就像在地上拾東西一樣容
易。我的方法是先站穩身子，全心全意注意蟬的翅膀，
不左顧右盼，不因為紛亂的外部環境而影響自己的注意
力，眼中看見的只有蟬，怎麼會抓不到呢？」孔子於是感
慨地對弟子說：「專一就能夠靜心，使得自己能夠聚精會
神，技術自然高妙，這位駝背老人的經驗實在值得我們
學習啊！」

梁啟超在話語中加上了這個經典寓言，無疑使話語
生動了，也更能引起聽眾的聆聽動機。

3. 經典與閱讀的關係

如果是要透過文學作品了解原作者要表達的意思，認識經典更是及格讀者必具備的條件，其道理跟聆聽一樣。例如讀者看到這個句子：

你這樣說不是自相矛盾嗎？

句子也許沒有上文下理，但如果讀者認識《韓非子》〈勢難〉中的一個經典寓言，就會明白句子的意思了。《韓非子》〈勢難〉中有這樣的一個故事：

楚人有鬻盾與矛者，譽之曰：「吾盾之堅，物莫能陷也。」又譽其矛曰：「吾矛之利，於物無不陷也。」或曰：「以子之矛，陷子之盾，何如？」其人弗能應也。

那是指講話或辦事前後牴觸、自相對立的意思。你如果覺得「自相矛盾」這個例子太淺，那麼要恭喜你，那是因為你在學習過程中有機會接觸《韓非子》〈勢難〉中的這個經典寓言；試想，如果對一個從未接觸過這個寓言的人來說，能明白例句中「自相矛盾」的意思嗎？

你可能一時間無法完全掌握箇中情況，我且舉另一例作說明。我刻意在下面引錄一節香港學生少會接觸到的經典好文章為例，這節文字是節錄自梁啟超的〈譚嗣同

傳〉。寫作背景為光緒二十四年九月，那時戊戌變法正好失敗。當時譚嗣同勸梁啟超出國避難，以保存變法派力量，而自己則拒絕親友向他提出的逃亡避難的勸告，最後被捕入獄，幾天後被殺。〈譚嗣同傳〉記維新運動失敗後，梁啟超晚上住在日本使館，而譚嗣同則整日不出大門，等待前來逮捕他的人。逮捕他的人結果沒有來，他就在第二天到日本使館見梁氏，勸梁氏暫避到日本去，並且帶着幾本他撰寫的書和詩文稿本，一小箱家書，託付給梁氏，說：「若沒有出走的人，就沒有辦法籌畫將來的維新事業；沒有犧牲的人，就沒有辦法報答聖上。現在康有為先生的生死還不知道，作程嬰或是作杵臼，作月照或是作西鄉，我和你分別擔任吧。」梁譚二人一抱而別。初七、初八、初九三天，譚嗣同又和俠士想辦法救皇上，事情最終都未成功。初十那天終於被捕。被捕的前一天，幾位日本的志士苦苦勸他到日本去避難，他說：「世界各國變法維新，沒有不經過流血而成功的，現在中國還沒有聽說過因為變法維新而流血的，這就是國家不能強大昌盛的原因。需要流血的話，就從我譚嗣同開始好了。」譚嗣同始終不肯離開，最後被捕遭禍。梁啟超寫的原文是這樣的：

　　……余（梁啟超）是夕宿日本使館，君（譚嗣

同）竟日不出門，以待捕者。捕者既不至，則於其明日入日本使館與余相見，勸東遊，且攜所著書及詩文辭稿本數冊家書一篋託焉。曰：「不有行者，無以圖將來；不有死者，無以酬聖主。今南海之生死未可卜，程嬰杵臼，月照西鄉，吾與足下分任之。」遂相與一抱而別。初七八九三日，君復與俠士謀救皇上，事卒不成。初十日遂被逮。被逮之前一日，日本志士數輩苦勸君東遊，君不聽。再四強之，君曰：「各國變法，無不從流血而成。今中國未聞有因變法而流血者，此國之所以不昌也。有之，請自嗣同始！」卒不去，故及於難。

這一段把譚氏慷慨赴死的干雲豪氣寫得淋漓盡致，令讀者大為感動。

在梁譚二人的對話中，有這樣的一句：「程嬰杵臼，月照西鄉，吾與足下分任之。」縱然是透過白話語譯，如果讀者對箇中涉及的經典事實掌握不清，就無法理解譚氏話語的中心意思了。

「西鄉月照」講的是日本史事和人物，中國讀者也許不一定都認識。西鄉是指西鄉隆盛，月照則是西鄉的好友僧人月照，二人曾因反對日本幕府統治而相約投水自

殺，最後西鄉獲救，而月照卻死了。對話中講到的「程嬰杵臼」，則是出自中國的經典戲曲《趙氏孤兒》。

《趙氏孤兒》是元代劇作家紀君祥根據《史記》〈趙世家〉改編的感人經典歷史名劇。劇中的情節雖然跟真實的歷史稍有出入，但故事悲壯感人，因此歷演不衰。《趙氏孤兒》的故事背景是春秋時代的晉國，話說晉靈公在位的時候，討厭忠臣趙盾，卻喜歡一個迎合他口味的奸臣屠岸賈。心懷不軌的屠岸賈想作亂，卻顧忌趙家的勢力，於是密謀把趙家上下殺光，就是偏找不到趙家剛出生的趙武。屠岸賈不死心，為了斬草除根，奸臣到處貼公告：只要能提供趙氏孤兒消息者，即可得到黃金千兩；三天沒有人交出趙武的話，就會殺盡全城同齡的嬰兒。原來趙武的母親早知屠岸賈會趕盡殺絕，早把趙氏孤兒交託給醫生程嬰，請他保護孤兒。程嬰感到孩子留在身邊也並不安全，考慮了很久，最後和多年好友公孫杵臼商量。公孫杵臼跟程嬰說：「要保存趙氏孤兒，這有何難？但須得一人捨子，則大計可成。」他們認為唯一能夠使奸臣屠岸賈停止搜捕趙氏孤兒的辦法，就是找一個嬰兒冒充孤兒趙武交出來，讓奸臣相信趙家從此絕後。可是哪裏能找到嬰孩作替身呢？正好那時程嬰的兒子也剛出生，在這樣危急的情況下，程嬰決定為朋友犧牲自己的骨肉，用自己的兒子冒充趙武。程嬰對公孫杵臼說：

「我把親生子當作趙武，請大夫你到奸臣那裏假意告密，捨子、捨命由我程嬰擔當。只是真正的趙武要請你撫養成人，日後好為趙家報仇。」公孫杵臼卻說：「程兄既已捨子保存趙孤；我反正年紀老邁，捨命之責，還是由我擔當好了。快把孩子交給我，你去告密，我死不足惜，只要奸臣相信就好了。」於是程嬰把兒子交給公孫杵臼抱到山裏去；自己假意賣友求榮，向屠岸賈告密，說公孫杵臼私藏了趙武，躲在山中。程嬰帶着屠岸賈等人來到山上。屠岸賈便確信無疑，毫不考慮便殺了公孫杵臼，同時不顧孩子淒厲的哭聲，竟叫人把孩子活活摔死。程嬰親眼看着老朋友和親生骨肉慘死，卻抑制悲痛，咬緊牙關，將趙武好好撫養成人，最後終於為趙家、為好友和親生孩子報仇雪恨。

譚嗣同是以「程嬰杵臼」和「月照西鄉」來表示抱一死之決心；他對梁啟超說「吾等分任」，其實就是說由自己做取義成仁的「杵臼」和「月照」，而要梁氏做求生以繼大事的「程嬰」和「西鄉」。

在閱讀中要精準地理解作者的意思必須要掌握多把「鑰匙」，認識經典就是其中一把重要的「鑰匙」。有了這把閱讀的「鑰匙」，你就可以接觸並理解更多優秀的作品、可以成為優秀作家的「知音」了。

4. 經典與寫作的關係

現代是資訊發達的年代，我們每天都閱讀大量的文字。讀報、上網、看雜誌，成了閱讀生活的重要部分。我們看的文字不少，但專心而有計劃地閱讀經典卻不多。對經典認識不足，我們就更難閱讀其他高素質的作品，久而久之，能閱讀的就只有膚淺浮薄甚或缺乏深度的文章。如果說閱讀是汲取寫作養分的最直接途徑，我們讀的是膚淺浮薄甚或沒有深度的文章，寫出來的文章又怎會厚實沉潛而具深度呢？

本書的主旨正是「從經典學習寫作」。經典作品是一枚亮晶晶的鑽石，鑽石上不同的切面可以折射出不一樣的光華——都可以啟發讀者。如果讀者把這些啟發化用、活用在個人的作品中，往往會有意想不到的收穫或效果。歐陽修〈誨學說〉是一篇精簡短文：

> 玉不琢，不成器；人不學，不知道。然玉之為物，有不變之常德，雖不琢以為器，而猶不害為玉也。人之性，因物則遷，不學，則捨君子而為小人，可不念哉？

歐陽修起筆即引用《禮記·學記》名句「玉不琢，不成器；人不學，不知道」，下文別出心裁，在經典名句的基礎上用「然」字轉出另一番深意：「然玉之為物，有不變

之常德，雖不琢以為器，而猶不害為玉也」，說明即使玉石不加雕琢也無損其本質的道理。歐陽修再進一步深化主題，提出「人之性，因物則遷，不學，則捨君子而為小人」的反思，認為玉石可以不雕琢但人若不學習就會淪落。〈誨學說〉分明是參考經典而又同時對經典作逆向或批判的反思，翻出另一層新意：《禮記‧學記》的說法是重視玉石與人之相同，歐陽修則強調玉石與人之相異。《禮記》無論在今天還是在歐陽修那個年代，都是經典。作者能在經典作品中汲取寫作養分，化為己用，而作品又能翻出新意與深意，可見閱讀經典與寫作的關係極為密切。不但古代作家如此，當代作家也一樣。余光中〈聽聽那冷雨〉中有一段別具詩情畫意的文字：

> 饒你多少豪情俠氣，怕也經不起三番五次的風吹雨打。一打少年聽雨，紅燭昏沉。兩打中年聽雨，客舟中，江闊雲低。三打白頭聽雨在僧廬下，這便是亡宋之痛，一顆敏感心靈的一生：樓上，江上，廟裏，用冷冷的雨珠子串成。

段落中的「一打」、「二打」、「三打」，正是化用南宋蔣捷的經典名篇〈虞美人‧聽雨〉：

> 少年聽雨歌樓上，紅燭昏羅帳。壯年聽雨客

舟中，江闊雲低斷雁叫西風。　而今聽雨僧廬下，鬢已星星也。悲歡離合總無情，一任階前點滴到天明。

余光中穿插巧妙，為當代語體書寫鋪墊古雅氣韻——若不讀經典，不可能寫得出古韻與今情交融的作品。

　　經典作品既是寫作上佳的學習對象，同時也為作品的好與壞展示了標準。雖說「文無定法」，但透過經典作品，我們可以歸納出若干寫作的方法與技巧，如果能恰當而靈活地運用在自己的創作上，一定會有顯著的成效。杜甫〈奉贈韋左丞丈二十二韻〉中的名句「讀書破萬卷，下筆如有神」，正正道出閱讀與寫作的密切關係。杜詩中那個「書」字絕不可能指那些低水平的著作，而應該指經典文學作品。詩聖杜甫的詩歌藝術水平那麼高，他的寫作「心得」原來我們都可以運用。香港名編劇家杜國威編的名劇《南海十三郎》，當中有南海十三郎教唐滌生撰曲的一幕，寫得很有意思。十三郎要求唐滌生遍讀元曲雜劇才可下筆寫自己的劇本，原因正是要他向經典學習。

　　從經典學寫作，你也可以。

六種寫作能力

下文將要談到的「寫作」，是談廣義的寫作。以新文學的分類標準而言，文學體裁可以分為散文、詩歌、小說和戲劇；講寫作方法或技巧，可以集中在某一種體裁去講，比如說：怎樣寫新詩、怎樣寫散文……事實上，四種文學體裁確有其獨特之性質；但如果我們嘗試綜合一下四種文學體裁的寫作方法，就不難發現體裁雖有不同，但當中有不少寫作技巧其實是相通共融的。寫一首好詩跟寫一篇好散文，基本要求和標準雖有「小異」，但亦有「大同」。我嘗試不分文學體裁，只集中在寫作方法技巧和標準要求上，向經典作品「偷師」，再跟讀者分析、分享。

　　要從事寫作，就先要認識、掌握寫作的能力。

　　甚麼是寫作能力？寫作能力其實是綜合六種能力而成的。六種能力包括：修辭能力、組織能力、取材能力、表達能力、想像能力和修改能力。以下逐一為讀者舉出相關的經典文例，再作說明。

第 1 章

好話講盡

——從經典作品學習修辭能力

　　寫作要求修辭能力高，那已經不是單講句子語法正確的問題了。

　　句子只符合主、謂、賓、定、狀、補的語法標準，只能算是「對」，不能算是「好」。所謂「好」是對語文一種更積極、更進取的要求。寫「對」一個句子只是在寫作中付出的「最低消費」，在「對」之上我們還要把句子的語言錘煉提煉鍛煉和熬煉，展示出來的效果才會「好」。

　　修辭能力高、語文好，最起碼要做到語言準確、精簡、具變化和有美感。

一、準確

朱爸爸的「背影」

　　語文準確是指行文中用語表達清楚，在傳意上讀者不會給誤導，也不會令讀者費解。朱自清經典名篇〈背影〉寫父親攀過月台的一節，並沒有借助比喻或比擬，而

是直接用準確而淺白的語言刻畫當時的場景，到今天我們還記得那一幕：

> 我看見他戴着黑布小帽，穿着黑布大馬褂，深青布棉袍，蹣跚地走到鐵道邊，慢慢探身下去，尚不大難。可是他穿過鐵道，要爬上那邊月台，就不容易了。他用兩手攀着上面，兩腳再向上縮；他肥胖的身子向左微傾，顯出努力的樣子。

他寫小帽，不忘交代顏色和布料；寫父親動作「蹣跚」，下句就靈活地用了一個「探」字作呼應。接着寫父親「兩手攀着上面，兩腳再向上縮」，讀者就如親見其人其事；「顯出努力的樣子」是進一步交代出父親有點「力不從心」。作者的觀察力強，細節交代有條理有步驟，描寫有條不紊，用語準確。

要語言準確，有時也可以借用文學修辭技巧的。朱自清有一篇〈綠〉，寫「綠」這種顏色寫得非常準確，而當中就運用了不少修辭技巧：

> 那醉人的綠呀！仿佛一張極大的荷葉鋪着……這平鋪着、厚積着的綠，着實可愛。她鬆鬆的皺纈着，像少婦拖着的裙幅；她輕輕的擺弄着，像跳動的初戀的處女的心；她滑滑的明亮

着，像塗了「明油」一般，有雞蛋清那樣軟，那樣嫩。令人想着所曾觸過的最嫩的皮膚；她又不雜些兒塵滓，宛然一塊溫潤的碧玉，只清清的一色──但你卻看不透她！

我經常取笑那些語言欠準確的人寫「顏色」就一定出醜。因為顏色本來就是抽象概念而非實物，要講得準確殊非易事。比如「紅」色，當中有不同程度的「紅」，寫作時不能一概而「紅」。最常見的消極寫法我戲稱為「顏色三分法」，即深、淺、粉。寫紅色就來一次「深紅」、「淺紅」、「粉紅」；寫綠色就照搬一次「深綠」、「淺綠」、「粉綠」。這種寫法如果落在次要的段落中尚可接受，但如果是落在作品的重點上，就欠準確了。朱自清筆下的「綠」是怎樣的一種「綠」？那是一大片的（像荷葉）、有動感的（鬆鬆的皺纈着）、新鮮而年輕的（像少婦拖着的裙幅；她輕輕的擺弄着，像跳動的初戀的處女的心）、具質感的（像塗了「明油」一般）、柔軟輕嫩的（有雞蛋清那樣軟，那樣嫩）、溫暖而具親切感的（令人想着所曾觸過的最嫩的皮膚）、雖清但卻渾厚（只清清的一色──但你卻看不透她）。朱自清把「綠」這個本來抽象的概念用準確的文學語言表達出來，當中包含了比喻（綠像荷葉、像少婦拖着的裙幅、像跳動的初戀的處女的心、宛然一塊溫潤的

碧玉)、擬人(全段交代主體「綠」的時候都用「她」作代名詞),令描寫對象可觸感。他還用了「鬆鬆的」、「輕輕的」、「滑滑的」和「清清的」四組疊字修飾語,令行文更具節奏感和動感──那是一片有生命感的「綠」。

賈島的選擇

語言要準確,下字用語前必要深思熟慮。

張弘範投元成為滅宋大將,俘文天祥於五坡嶺(今廣東海豐北),又於新會擊敗張世傑所統的水師。他在崖山的一塊石上鐫刻「張弘範滅宋於此」七字,以誇示一己之功勞。陳白沙先生過崖山,乃於「張」字上加一「宋」字,則張氏賣國的醜惡嘴臉,表露無遺;如此用字,準繩妙到顛毫。文學家用字,甚至不彈煩一想再想,在深思熟慮後選定最準確的用法。古人寫作,對一字一句都有很高的要求。《唐詩紀事》卷四十有這樣的一個故事:

> 島赴舉至京,騎驢賦詩,得「僧推月下門」之句,欲改「推」為「敲」,引手作推敲之勢,未決,不覺衝大尹韓愈,乃具言。愈曰:「敲字佳矣。」遂並轡論詩久之。

唐代大詩人賈島騎驢過訪李款的居處,於驢背上得詩句:

閒居少鄰並，草徑入荒園。

鳥宿池邊樹，僧推月下門。

過橋分野色，移石動雲根。

暫去還來此，幽期不負言。

賈島覺得「僧敲月下門」似乎比「僧推月下門」更能襯托
周遭幽靜的環境。他一時拿不定主意，便在驢背上邊吟
詩邊舉手作推敲之狀，反覆思考比對，結果連京兆尹韓
愈的儀仗隊在前面也不知要迴避。賈島被衛士擁至韓愈
前，他具實稟報事情原委後，韓愈不但不怪罪，反而建
議他改「僧推月下門」為「僧敲月下門」。於是二人又並轡
而行，共論詩道。

　　如果把詩句孤立地分析，則「推」亦可，「敲」亦無不
可。但問題是要配合全個作品的主調；那麼，「僧推月下
門」是「靜」中之「無聲」，而「僧敲月下門」則是「靜」中
之「有聲」。韓愈建議賈島採用「敲」字是有理由的，試
想：「萬籟無聲」雖是「靜」，但寂靜的山野間空靈地響起
三兩下叩門的聲音，不正是更能準確而傳神地襯托出山
野間那種「靜」的氣氛嗎？

　　用字若掉以輕心，用甚麼字都好像分別不大；用字
若肯下苦心，就會發覺用這個字跟用另一個字的效果總
有點不同。用字要準確，就要細心分辨字與字、詞與詞

之間的「小異」處。賈島的詩寫「少鄰」、「荒園」、「幽期」，全詩的主調是寂靜清幽，詩中是用「僧推月下門」準確些？還是用「僧敲月下門」貼切些？這種細緻的「比較」就是使語言準確的最好方法。

有一個故事講蘇小妹（蘇東坡的妹妹）撰了一副聯語，上面卻漏了兩個字：

　　　　輕風△細柳，淡月△梅花。

黃庭堅認為是「輕風『舞』細柳，淡月『隱』梅花」，蘇東坡卻認為是「輕風『搖』細柳，淡月『映』梅花」；你能就這個個案作「推敲」嗎？是黃庭堅用字準確些？還是蘇東坡用字準確些？箇中理由又是甚麼？你有沒有更好、更準確的「用字」建議？如果把句子寫成「輕風『吹』細柳，淡月『照』梅花」又如何？

蘇小妹的原句是：「輕風『扶』細柳，淡月『失』梅花」。你不妨細細思考，提出你的看法和建議。

二、精簡

別做語文「二世祖」

大文豪莎士比亞說過：「精簡是智慧的靈魂，冗長是膚淺的藻飾。」好的文句應該符合「精簡」的原則。精簡就是使用有效率的字句而不必加上多餘冗贅的筆墨。更

何況，沒有一個讀者願意花寶貴的時間去讀一些冗長的句子。寫文章的時候設身處地，處處為讀者設想，作品就一定可以精簡得多了。

作品絕不是越長越好。長短是相對的概念，要講的內容多，文句也許相對地多一點，篇幅也許要長一些。要講的內容不多，文句也就相應地少一點，篇幅也相對地短一些。這本來是相體裁衣的道理，簡單明白。從事寫作的人，都應把字詞句當作「金錢」，用字就如使用金錢一樣，要用得其所，不要浪費。怎樣才算得上是精明的消費者？「精明消費」絕不是指胡亂花費，相反是指用最少金錢能買到最多、最合用的東西。如果你是文學創作中揮霍無度的紈袴子弟──二世祖，你筆下的文詞就不可能「精簡」。

學生在學習過程中往往要面對考試，寫作考核為了客觀公平起見，也不得不要為考生的作品定一個字數限制。要滿足一千字或八百字的字限，學生有時會採取消極的方法去應付，就是用欠效率的句子搪塞過去：總喜歡把「一言難盡」寫成「不是一兩句話能說清楚的」，更多的是把「這書很值得讀」寫成「這部書籍的可讀性非常之高」。第一個例子把句子增長了約三倍，第二個句子也浪費了近兩倍的筆墨。

要文句「精簡」，就先要把句子中的蛇足刪掉，盡量

用最少的字句表達最豐富的意思。古人寫文章，真可謂惜墨如金。唐代著名詩人杜牧有一篇經典名作〈阿房宮賦〉，一起筆就用凝煉而精簡的語言震懾讀者。〈阿房宮賦〉在《樊川文集》可以讀到，起筆是這樣的：

> 六王畢，四海一。蜀山兀，阿房出。覆壓三百餘里，隔離天日。驪山北構而西折，直走咸陽。二川溶溶，流入宮牆。五步一樓，十步一閣，廊腰縵迴，簷牙高啄。各抱地勢，鉤心鬥角。盤盤焉，囷囷焉，蜂房水渦，蠆不知乎幾千萬落。長橋臥波，未雲何龍？複道行空，不霽何虹？高低冥迷，不知西東。歌臺暖響，春光融融，舞殿冷袖，風雨淒淒。一日之內，一宮之間，而氣候不齊。

〈阿房宮賦〉起筆就寫阿房宮覆蓋、重壓着三百多里的土地，宏偉得完全遮蔽了天空和太陽。阿房宮從驪山向北構建整座宮殿，再向西折個彎，一直延伸到咸陽城去。渭水和樊川兩條河流就慢慢地流進宮裏去。阿房宮內五步一高樓，十步一亭台；長廊像腰帶一樣迂迴而曲折，尖尖彎彎的屋簷像雀鳥的嘴一樣向着高空飛啄；亭臺樓閣等建築物各自依着不同的地勢而建，在宮內參錯落地扣連、對峙，有些高樓屋簷對峙交疊，像蜂房、水渦一

般精密而有系統地層層套連着。長橋像龍一樣橫臥在水面上，雙層的樓間通道像彩虹一樣架在半空，高低參差、幽冥迷離的重重樓閣，使人不辨方向。歌臺上傳來溫柔的樂音，呈現出一派春光氣息；舞殿裏彩袖飄拂，引動出令人淒冷的感覺。在同一天之內，在同一座宮裏，氣候卻截然不同。

描寫阿房宮這樣宏大的對象，不一定要花上「一萬幾千」的，要看作者的「經濟」手腕。文章首四句：「六王畢，四海一。蜀山兀，阿房出」十二個字，就交代了阿房宮的歷史背景：六國覆滅了。天下統一了。蜀地的山林都給伐光了。阿房宮就這樣建成了。句子中的「畢」、「一」、「兀」、「出」都生動精簡而含意準確豐富。《古文觀止》的編者評這四句為：

> 起四語，只十二字，便將始皇統一以後縱心溢志寫盡，真突兀可喜。

劉勰在《文心雕龍》〈熔裁〉篇中曾說過：

> 句有可削，足見其疏；字不得減，乃知其密。

幾乎是道出「精簡」的要義了；用來作為杜牧那「六王畢，四海一。蜀山兀，阿房出」十二字的評語，也十分恰當。句子中有可以刪削的字詞，那是代表用字下語尚有

「蛇足」；反過來說，句子中一個字都不能減，那就是說每個字詞都有獨立表意的功能，在句中都有存在的價值。

多一字不如少一字

怎樣可以令文句精簡？我們不妨向大師取經：魯迅在《二心集》的〈答北斗雜誌社問〉中，曾提及令文句精簡的具體經驗，他說：

> 寫完後至少看兩遍，竭力將可有可無的字、句、段刪去，毫不可惜。

那是最起碼、也是最高的要求。只有在初稿寫好後再刪削，作品的語句才有機會給修剪得更合度。「寫完後至少看兩遍」的做法就是要「作者」同時扮演「讀者」，當你作為讀者的時候，你就會對自己的作品有更客觀和更理性的要求，有時是更嚴格的要求。

《古今譚概》中有一個關於歐陽修的故事，說歐陽修在翰林院任職時，有一次與同院三個下屬出遊，見路旁有匹飛馳的馬踩死了一隻狗。歐陽修提議各人用文字描述一下眼前所見的情狀。其中一人說：

> 「有犬臥於通衢，逸馬蹄而殺之。」

另一個人卻說：

> 「有馬逸於街衢，臥犬遭之而斃。」

用語又更精簡。歐陽修則只說了六個字：

> 「逸馬殺犬於道。」

此句既保留了主要的意思，又能把次要甚或是不重要的部分刪除。當然，故事也許有虛構成分，但用語逐步精簡提煉的層次卻十分鮮明，很有參考價值。（按：所引故事先見於沈括的《夢溪筆談》，故事的主角是沈括本人，而後來馮夢龍的《古今譚概》則把故事中的沈括改為歐陽修。）

　　另一位經典級大師給我們留下另一個使文句精簡的「妙法」。美國著名作家、諾貝爾文學獎得主海明威，其作品向以精練著稱，用語都十分簡潔，有人問他行文精簡的秘訣，他提供的方法十分奇特，他建議作者要──站着寫、單腳站着寫！

　　「行文用語精簡」跟「站着寫、單腳站着寫」有甚麼神秘的關係？你能參透諾貝爾文學獎得主的意思嗎？

三、具變化

文似看山不喜平

　　措詞用字上的考慮，用這個字不用那個字的理由；可以是達意與否的考慮，也可以是營造變化上的考慮。

首先講用字下語的變化。

文句中用語，除了是刻意重複以求達到強調、重疊的特殊效果外（例如頂真、複疊、排比等修辭），一般都要求有若干變化，否則用語容易流於板滯。范仲淹名篇〈岳陽樓記〉，開首寫岳陽樓、洞庭湖的地理形勢，氣勢宏闊開揚：

> 予觀夫巴陵勝狀，在洞庭一湖。銜遠山，吞長江，浩浩湯湯，橫無際涯；朝暉夕陰，氣象萬千；此則岳陽樓之大觀也，前人之述備矣。然則北通巫峽，南極瀟湘，遷客騷人，多會於此，覽物之情，得無異乎？

巴陵郡的美好景色，全在洞庭一湖。它連接着遠方的山脈，吞吐着長江的流水，浩浩蕩蕩，寬廣無涯無際；早晴晚陰，氣象萬千。這是岳陽樓盛大壯觀的景象。岳陽樓北面通向巫峽，南面直到瀟湘，被貶的政客和詩人，大多會聚在這裏——范仲淹文筆固然優美，我們不妨留意一下這節文字的動詞變化：「銜遠山，吞長江」；「北通巫峽，南極瀟湘」。「銜」和「吞」在意義上差距大一些，變化中又能更精準地表達意思；而「通」與「極」則雖有小異，意義差距不太大，但換用兩個近義或等義的動詞，看起來用語就更具變化，予讀者靈動之感。

　　如動物發聲，都可以用「叫」這個詞，只是在同一段或同一篇中重複出現的話，就予人呆板之感：龍叫、虎叫、雞叫、蟬叫、狗叫、鴉叫……讀來就覺沉悶。如果可以在用字上花點心思，變換一下各個動詞成為：龍吟、虎嘯、雞啼、蟬鳴、狗吠、鴉噪。效果就會好得多。香港名作家陶傑在〈亮點〉一文也曾就用詞的變化提出過以下的觀點：

　　　　寫作最忌用詞的重複。英文報紙都有一套規矩：同一段新聞稿，多處提到「美國政府」，如果頭一段說 The US Administration，第二段就必須改稱為 The White House，第三段就要講 Washington。其實三個名詞，指的是同一個權力中樞。為甚麼要變來變去？不是外國記者閒着沒事玩遊戲，而是要在枯燥的文字裏追求靈活和彈性。

他所舉的外文例子固然大有參考價值，而我們更必須留意，陶傑在上述的語段中也不忘用字的變化：「如果頭一段說 The US Administration，第二段就必須改稱為 The White House，第三段就要講 Washington。」「說」、「稱」和「講」在文中變化迭出，作者正正能自踐其言，真不愧高手文筆。

甚麼人講甚麼話

　　語言修辭上的變化，除了字詞變化外，也要講究「語體」上的變化。若要全面探討寫作語體的變化問題，那是一個很大、很深的語言學課題，此處只就與修辭能力有關的語體變化問題，作扼要論述。

　　針對與寫作有直接關係者而言，以現代漢語的概念來講，語體可以約分為「書面語體」及「口語語體」。書面語體氣氛較嚴肅，詞意穩定規範；口語語體則氣氛較活潑，靈活而貼近日常生活。比如我們說「函件」，語體近於書面；而「信」則語體則近於口語。「本人」一詞語體近於書面；「我」則語體則近於口語。學生寫作，多會誤以為該用「書面語體」，其實不然。正正由於書面語體嚴肅而規範，文學家一般不會單一、大量運用書面語體寫作。寫作時我們會寫「這孩子吃得真快」(近口語) 而不會寫「此兒童進食速度很高」(近書面)。為了使文句更具活潑生動氣息，文學家反而大量運用口語語體去寫作。《紅樓夢》採用的正是當時的口語，老舍的《駱駝祥子》用的也是當時北京城的老北京話；並非書面語。口語也許予人通俗的感覺，但口語貼近生活，字詞生動，作者能靈活運用，作品一定大佳。比如說古典詩，我們常有錯覺，以為寫古典詩一定不會採用口語，其實不然。唐代名僧寒山寫詩就愛用當時的口語，以下且舉一例：

> 老翁娶少婦，髮白婦不耐。
>
> 老婆嫁少夫，面黃夫不愛。
>
> 老翁娶老婆，一一無棄背。
>
> 少婦嫁少夫，兩兩相憐態。

詩寫悲歡愛憎的種種矛盾與對比，語體都近口語，予讀者淺白、活潑的濃厚生活氣息。又例如元稹的〈有所教〉，詩中有一句「人人總解爭時勢」；句中「時勢」一詞，據陳寅恪《元白詩箋證稿》說：「則時勢者，即今日時髦之義，乃當日習用之語。」可見詩人都會採用口語入詩。採用口語的情況，在宋詞元曲中當然也不乏例子，在這裏就不一一細舉了。

　　我們必須知道，語體要有變化；而口語語體變化比書面語體為大，寫作時如能善於利用口語，就可以有好的修辭效果。香港作家王良和寫過一篇以人物為主題的文章，名叫〈阿成〉，文章的主角阿成是作者在工廠認識的一位青年人。阿成調皮好動，有點無賴但又頗為可愛，作品中有一節寫阿成在工作間調侃女工的片段，十分傳神：

> 　　包裝部遠離主管室，像割據一方的藩鎮，中央鞭長莫及，形成尾大不掉的局面，經常笑笑鬧鬧的好放肆。組長瓊姐也控制不了，只得陪着

玩。有一次，瓊姐要阿成搬貨，阿成忽然說：「你信不信我敢脫褲子？」瓊姐笑着說：「我的小毛頭都念幼兒班了，怕看你的小雞雞？你脫，我就剪。」阿成不管，作勢脫褲子。瓊姐於是轉身去取較剪，嚇得他把脫了一半的褲子穿回去，但一團黑壓壓的東西，已經走了光。

文例中，作者寫阿成和瓊姐的對話，都採用了活潑的口語，節奏輕快而具生活現場感。寫散文如此，寫小說和劇本尤其要善用口語語體，因為小說和劇本多會利用對話交代、鋪敍情節，對話內容能運用生動的口語，文藝效果自然突出。

粵語入文並非不行

只是講到口語，生長在方言區的人就會在口語選用上遇上多一重的考慮——方言。

方言也是口語；別的不說，就以香港為例。香港在粵方言區，香港人日常說聽都以「粵語」為主，那麼，我們在寫作時可以使用「粵語」嗎？

寫作時採用粵語是可以的，主要視乎文藝需要和效果而定。有需要而效果好的話，可以用，也應該用。用方言來寫作雖不是主流，但不代表不可以。當然，用方

言寫作一定會遇上「局限」的問題。比如我用粵語寫一篇作品，不懂粵語的省外讀者就不可能讀懂。只是作者有時為了達到某種效果或目的時，又或者讀者對象特殊的緣故；採用方言的情況，也是會出現的。因此，寫作語言的變化應該包括口語中不同方言的變化。

張愛玲是上海人，諳熟上海話的她，創作時又往往以上海的人和事為主要題材，因此在她的某些作品中就會出現上海方言。如她在〈有女同車〉中「儂撥我十塊洋鈿，我就搭儂買」（「你給我十塊錢，我就替你買」）、「價大格人，跪下來，阿要難為情」（「這麼大個人，跪下來，多麼難為情」）等對白，都運用了上海方言；至如張愛玲喜愛的一部經典著作——清朝韓子雲的《海上花列傳》，故事講趙樸齋和趙二寶流落上海，樸齋淪為車伕，二寶則當了妓女。由於故事發生在上海，因此作者採用了吳地方言寫這篇小說，既符合事實而效果也很不錯。

從上舉的例子看來，各地的方言可以寫入文章，寫作時採用方言已經不是「可以不可以」的問題，而是「需要不需要」的問題。香港作家關夢南的〈寢不語〉，就是一首用粵語寫成的詩。全詩十二段，今節錄四段如下：

　　我嗌佢

　　佢唔睬我

仲撐歪個臉

扮下嘢

■

個房冷氣咁大

佢唔冚

被佢以為自己

老虎都打死幾隻

■

唔單止咁

九十幾歲人

仲玩捉匿匿

但天咁黑

我點樣搵到你

■

佢匿埋響櫃桶？

佢匿埋響衣櫥？

佢匿埋響浴缸？

抑或匿埋響

窗簾布後面

失驚無神出嚟嚇下我？

這是關夢南悼念亡母之作。悼念母親的作品，傳統上一般會寫得莊重規範，關氏別出心裁，用最簡樸而又最地道的粵語，完全是作者心聲的直接流露，沒有「書面化」或「雅化」的考慮，效果卻又出奇地自然、樸素、合理，滿有生活感；予人不造作、不矯飾而又不落俗套的好感。又如寓居香港的廖恩燾，他的《嬉笑集》就收錄了運用粵語寫成的作品，其中一首詠項羽烏江自刎的史事，堪稱「詠史」中的另類經典：

> 又高又大又囉嗦，臨死唔知重唱歌。
> 三尺多長犀利劍，八千靚溜後生哥。
> 既然凜㲼爭皇帝，何必頻輪殺老婆。
> 若使烏江唔鋸頸，漢兵追到屎難屙。

「又高又大又囉嗦，臨死唔知重唱歌」則純然粵語，讀起來十分親切，「漢兵追到屎難屙」一句用了粵語中的俗語，大出讀者意外之同時，也使人印象深刻。當然，由於年代不同，廖氏所用的粵語跟我們今天所用的粵語已有不同，如詩中的「靚溜」（年少俊美）、「凜㲼」（瑣屑）、「頻輪」（急忙）、「鋸頸」（以刀或劍自刎）等用語；年輕一輩的讀者，就不一定讀得懂了。

廖恩燾的作品風格鮮明而獨特，因為「詠史」作品一般予人嚴肅的感覺，如同樣寫項羽兵敗史事的名作〈題烏

江亭〉就是典型的「詠史」詩：

> 勝敗由來不可期，包羞忍恥是男兒。
>
> 江東子弟多才俊，捲土重來未可知。

這是唐代大詩人杜牧的名作。詩人面對楚漢交戰的古戰地烏江，不禁想起歷史上西楚霸王項羽因兵敗在烏江自刎的史事。詩人含蓄地批評項羽不能面對失敗，全詩隱含了對項羽的惋惜與諷刺。其實，勝敗乃兵家常事，失敗後還可以忍辱負重的人才是真正的英雄。以杜牧和廖恩燾的詩對讀，就會發覺二詩主題相近，但由於廖太史在語言上採用了粵語，作品的效果和風格就跟杜牧的作品完全不同，可謂另樹一幟了。

在劇本中使用方言的情況就更常見，如香港著名編劇家杜國威編寫的名劇《南海十三郎》，劇中對白應該是採用粵語，也只有使用粵語才夠傳神。此劇以粵語演出，劇本也是以廣東口語寫成，對粵方言區的讀者或觀眾而言，極有親切感；對白中又夾雜不少諺語俗語，如「羊毛出自羊身上」、「站亂歌柄」、「烏喱單刀一鑊泡」、「識你係老鼠」等，都有濃厚的地方色彩和親切的生活感。杜國威撰寫對白，能俗又能雅，如劇情交代名演員薛覺先初訪太史公，二人的一段對話就很文雅，薛覺先說「太史果然係賽孟嘗，我只不過係個伶人，受你如此款

待，非常汗顏」，太史公説「薛老闆你太客氣，得你賞面
光臨，真係蓬蓽生輝……」；對話內容措詞均切合二人的
高雅身分，也能配合當時的場合。可以説，對白是劇本
的主要部分，對白語言變化技巧之高低，直接影響劇本
的整體素質與藝術水平；杜氏能做到語言多變多姿，故
能雅俗共賞，值得我們參考。

四、有美感

愛美是人的天性

　　文學作品的語言，再準確、再精簡也未夠得上是好
的語言。文學作品要表達傳遞「美」，因此文學作品中的
語言就必須要具有美感才行。語言只做到準確和簡潔的
話，充其量只能把説明文字寫好。例如你要寫一份捉迷
藏遊戲規則，語言上要求準確和簡潔就很夠了；如果要
寫文學作品，就要在準確和簡潔的要求上講求美感。

　　「文學美」的範疇很大，我們不妨採用現代詩人聞一
多的説法，以便「納乎其大者」，易於作初步的掌握。聞
一多為詩歌的美提出過非常經典的「三美理論」。

　　聞氏在《詩歌理論》中提出詩歌要具備「音樂美」、
「繪畫美」和「建築美」，大概是指：聲調諧協之美（音
樂）、詞藻具體之美（繪畫）及結構合宜之美（建築）。詩
歌固然要具備三美，古典詩能具備三美的作品很多，其

中一首經典作品是王之渙的〈登鸛雀樓〉，詩是這樣的：

> 白日依山盡，黃河入海流。
>
> 欲窮千里目，更上一層樓。

這是一首合律的近體詩：「仄仄平平仄，平平仄仄平。仄平平仄仄，仄仄仄平平。」加上雙數句句尾押韻（流、樓），讀起來就很有音樂美的享受了。至於首二句寫景部分，寫落日依山而下，黃河滾滾而流入大海；句中的日與山、河與海都配合得壯闊而瑰麗。讀者只要稍加想像，就會感到詩人用文字繪畫的功力了。四句詩結構勻稱，首二句寫景，言詞壯麗；後二句融情入景，是詩人人生體驗的昇華，遂成千古絕唱。而字數又每句五字，見結構之嚴整。首二句與後二句均為對偶句，尤見全詩建築對稱之美。後二句「欲窮千里目，更上一層樓」是詞性相對而句意承接而下的「流水對」，亦見詩人之匠心所在。

新詩也有符合三美要求的作品，就以聞一多的名作〈死水〉為例：

> 這是一溝絕望的死水，
>
> 清風吹不起半點漪淪。
>
> 不如多扔些破銅爛鐵，

爽性潑你的剩菜殘羹。

也許銅的要綠成翡翠，

鐵罐上鏽出幾瓣桃花；

再讓油膩織一層羅綺，

黴菌給他蒸出些雲霞。

讓死水酵成一溝綠酒，

飄滿了珍珠似的白沫；

小珠笑一聲變成大珠，

又被偷酒的花蚊咬破。

那麼一溝絕望的死水，

也就誇得上幾分鮮明。

如果青蛙耐不住寂寞，

又算死水叫出了歌聲。

這是一溝絕望的死水，

這裏斷不是美的所在，

不如讓給醜惡來開墾，

看他造出個甚麼世界。

全詩每句九字，讀起來節奏悠揚動聽，其中也有押韻處（如：花、霞；破、寞；明、聲；在、界），具音樂美。而詩人把死水中的爛銅廢鐵生鏽的情況寫作「也許銅的要綠成翡翠」和「鐵罐上鏽出幾瓣桃花」，用美麗的「翡翠」

和「桃花」去寫銅鐵上的紅鏽青斑，美醜對比鮮明，給讀者留下鮮明的圖像，又具圖畫美。至於全詩均為九字句，句中字數相同是格律詩的特點，予人莊重平穩的感覺。詩中「如果青蛙耐不住寂寞，又算死水叫出了歌聲」兩句有對偶（寬對）成分，這形式上的修飾令建築之美更為突顯。

我們多讀經典的詩歌，不管是新詩還是古典詩，都可以隨時領略到「三美」之趣。

音樂之美一般從音韻變化、聲調抑揚而營造動聽的效果，有時是運用雙聲疊韻的字詞以吸引讀者注意，恰當地運用疊字也可以令行文節奏好一些。詩句固然要講音樂美；就是一般文句，事實上也要考究音樂美的。讀者的閱讀心理是喜歡讀動聽的句子，對動聽的句子印象特別深刻。除非我們刻意要求把句子寫成「陌生化」，要引起讀者的負面注意力（感到奇怪、兀突、不自然。韓愈把好些作品寫得佶屈聱牙就是這個原因），否則，把句子寫得通順、動聽，幾乎是所有文學作品的基本要求。

圖畫之美一般是利用詞藻有力地刻畫作品中的人、物、情。有時還要借助比喻、誇張、比擬等常用的修辭手法去營造具體鮮明的形象，目的是要讓讀者留下深刻的印象。文學作品如果沒有圖畫美，就等同概念化、抽象化，讀者就很難透過作品產生「置身現場」的感覺。我

們常說要令讀者如見其人、如見其景、如臨其地，其實就是要求語言能具備圖畫美。

建築之美一般是利用字、詞、句的形式以展示結構之美，用排比、對偶或層遞都可以營造平行、平衡、平均、對稱的效果。這在作品形式上或多或少可以為讀者提供視覺上的享受。《文心雕龍》〈麗辭〉中提到：

> 造化賦形，支體必雙，神理為用，事不孤立。夫心生文辭，運裁百慮，高下相須，自然成對。豈營麗辭，率然對爾。

意思是指自然界的萬事萬物，大都是成雙成對的（對稱而平衡），就好像雀鳥有一雙翅膀，人類則有手足四肢，大自然似乎不會讓事物看起來是孤立的（不平均或失衡）；而我們寫文章的時候也會在結構對稱上作考慮，利用各種方式，使語言呈現相對相稱、自然對偶的建築美效果。

從承天寺到沙田

經典作品中不單詩歌具備三美，就是散文也具備三美，蘇軾的〈記承天寺夜遊〉是經典名作，短短的文章千百年來感動過不少讀者。〈記承天寺夜遊〉是這樣的：

> 元豐六年十月十二日夜，解衣欲睡，月色入

戶，欣然起行。念無與為樂者，遂至承天寺，尋張懷民，懷民亦未寢，相與步於中庭。庭下如積水空明，水中藻荇交橫，蓋竹柏影也。何夜無月，何處無竹柏，但少閒人如吾兩人者耳。

我們要留意文中那押得頗不經意的幾個「韻」：「欣然起行」、「相與步中庭」、「庭下如積水空明」、「水中藻荇交橫」；這四句中的行、庭、明、橫是韻字（押平水韻的八庚韻），韻腳雖不如詩歌那樣頻密，但在散文中偶爾用韻，也頗收音樂美聽的效果。加上文中「尋張懷民，懷民未寢」及「相與步中庭。庭下如積水空明」兩組句子運用了頂真，令行文語氣更加連貫綿密，節奏感也更強了。又行文中甚有圖畫美，寫月之光輝及竹柏影子都用比喻，月光如水之空明，因而聯想到竹柏影子是漂浮在水中的交橫藻荇，喻象統一而新鮮，優美的夜景如詩、如畫。「何夜無月，何處無竹柏」兩句，句子結構相近似，而且兩句同是問句，讀起來就更添對稱之美了。

我們也許會以為古典散文才會講求「三美」，其實，部分根深於古典的現當代散文家也會在作品中融入「三美」的。以下用余光中的〈沙田山居〉為例，看他如何在散文中融入「三美」的元素、帶出「三美」的效果。〈沙田山居〉中有一小節是這樣的：

> 　　書齋外面是陽台，陽台外面是海，是山，
> 海是碧湛湛的一彎，山是青鬱鬱的連環，山外有
> 山，最遠的翠微淡成一裊青煙，忽焉似有，再顧
> 若無，那便是，大陸的莽莽蒼蒼了。

文例中「書齋外面是陽台，陽台外面是海」是頂真，加上
山、彎、環、煙四字押韻（古韻寒、元、刪、先四部韻
通押），而且運用了湛湛、鬱鬱、莽莽蒼蒼等疊字，令
這節文字讀起來充滿音樂感。寫碧海一彎，寫青山山脈
延展，還有最遠的一抹翠微，都寫得遠近相宜、濃淡相
稱，在讀者的腦海中留下一幅沙田遠景圖。「書齋外面是
陽台，陽台外面是海，是山」是由近到遠的層遞，「海是
碧湛湛的一彎，山是青鬱鬱的連環」是對句，而「忽焉似
有，再顧若無」兩個四字句似對非對（「忽焉」未對得上
「再顧」，但「似有」可對「若無」），也甚具形式結構之美。

天衣無縫
—— 從經典作品學習組織能力

　　組織能力之高低，主要見於作者如何安排文章的結構，而所謂結構，最少包含「外在結構」和「內在結構」兩種。

　　「外在結構」一般指文章外在秩序、外在組織構造，如段落、層次；過渡、照應；開頭、結尾。「內在結構」則指文章內在邏輯聯繫、內在意念聯繫，如思路、脈絡、氣韻、情感。外在結構如人的骨架，內在結構有如流動的血液；一顯一隱、一外一內。總之是缺一不可。

　　文章沒有結構則會流於散亂、零碎，作者的組織能力也不能顯示出來。一篇好的文章一定有好的組織和結構；以下會就「外在結構的考慮」、「內在結構的考慮」和「詳與略的考慮」三個重點逐一分析。

一、外在結構的考慮

故事由「從前」開始

　　事物發展有特定的階段、秩序、次序，文章結構能符合這些特定的階段、秩序或次序，就容易引起讀者的共鳴。按事情發展的先後次序進行敍述，從開始、發展、高潮到結局。好處是合於常理，而且交代清楚。

　　比如寫一個人的故事，人的一生是向着生、老、病、死四個階段推進的；寫一個人的故事，其結構就可以順着這人的出生、成長、死亡等次序去安排結構。這樣安排既合理又直接，讀者就較容易投入。比如寫一次難忘的經歷，也可以按照經歷的發展先後次序入手，把敍述結構順次序排列，讀者就容易理解事件發生的過程和推演的情況。我們且看唐詩經典名篇崔護的〈過都城南莊〉：

　　　　去年今日此門中，人面桃花相映紅。

　　　　人面不知何處去，桃花依舊笑春風。

話說崔護有一年清明節，獨自一人到城南郊遊，無意間看到一座村舍，四面圍着盛開的桃花，不禁引起了好奇心，想去拜訪一下這屋子的主人。詩人於是上前敲門，出於他意料之外的是：開門出來的竟是一位豔麗的女子，並且很殷勤地招呼他。崔護大為驚奇，這次奇遇使

他念念不忘。到了第二年的清明節，他又想起了去年的奇遇，於是便循着舊路再到原地去，希望能夠重見那桃花叢中的美人。誰知這一次竟又出於意料之外，當他到達那所村舍時，看到四周桃花依舊盛開，可是花叢後面的小屋已經沒人居住了。他覺得非常失望，在門前徘徊了一會，惆悵之情，不能自己，便在門上題了〈過都城南莊〉這首七言絕句，以表達詩人悵惘之情。

　　這首詩的結構是「符合事物存在和發展的規律」的好例子，「去年」的事是先發生的，先寫；目前的事是較後發生的，後寫。今昔之先後，順序而下，讀者就很容易接受和理解了。又如另一首經典名篇〈生查子〉（按：此作一云歐陽修作，一云朱淑真作），跟〈過都城南莊〉都是寫今昔的對比，也是由「去年」順時序寫到「今年」的：

　　　　去年元夜時，花市燈如晝。月上柳梢頭，人約黃昏後。　　今年元夜時，月與燈依舊。不見去年人，淚濕春衫袖。

作者寫去年元宵夜之時，花市上燈光明亮如同白晝。作者與戀人相約在月上柳梢頭之時、黃昏之後共遊燈市。到了今年元宵夜，月光與燈光明亮跟去年一樣。可是戀人已經不在了；懷念過去美好的時光，作者只有流下相思之淚。這首詞上片寫「去年」的情景，下片寫「今年」

的情景，也是「符合事物存在和發展的規律」的作品，讀者在閱讀思路上順時序而行，對作品的內容既容易掌握亦容易理解。

楊修的「死因」

文章的主題不同，結構也就相應地要作變化。順敘符合事物存在和發展的規律，固然重要；但遇上特別的主題，也許就要作變通，不宜墨守順敘的成規。

為了配合文章的主題而取得更好的效果，我們可以嘗試把結構作「錯序」的安排；最常用的是「倒敘」。「倒敘」就是先講結果（結局），再追溯前因的寫法。這種結構前人叫「倒插筆」，這種結構安排較容易引起讀者的懸念，從而增強讀者的閱讀動機。不少以破案為主題的作品都會採用倒敘的結構，為的就是吸引讀者。經典名著《三國演義》也善用這種敘事結構，比如「諸葛亮智取漢中，曹阿瞞兵退斜谷」一回，作者羅貫中就巧妙地運用了倒敘的結構寫「楊修之死」，作者起筆即寫楊修遇害的結局：

> 操屯兵日久，欲要進兵，又被馬超拒守；欲收兵回，又恐被蜀兵恥笑，心中猶豫不決。適庖官進雞湯，操見碗中有雞肋，因而有感於懷。正

沉吟間，夏侯惇入帳，請夜間口號，操隨口曰：
「雞肋，雞肋。」惇傳令眾官，都稱「雞肋」。行軍
主簿楊修見傳「雞肋」二字，便教隨行軍士，各收
拾行裝，準備歸程。有人報知夏侯惇，惇大驚，
遂請楊修至帳中，問曰：「公何收拾行裝？」修
曰：「以今夜號令，便知魏王不日將退兵歸也。雞
肋者，食之無肉，棄之有味。今進不能勝，退恐
人笑，在此無益，不如早歸。來日，魏王必班師
矣，故先收拾行裝，免得臨時慌亂。」夏侯惇曰：
「公真知魏王肺腑也。」遂亦收拾行裝，於是寨
中諸將，無不準備歸計。當夜曹操心亂，不能穩
睡，遂手提鋼斧，遶寨私行。只見夏侯惇寨內軍
士，各準備行裝。操大驚，急回帳召惇問其故。
惇曰：「主簿楊德祖，先知大王欲歸之意對。」操
喚楊修問之，修以雞肋之意對。操大怒曰：「汝怎
敢造言亂我軍心！」喝刀斧手推出斬之，將首級號
令於轅門外。

楊修被曹操斬了，故事應該完結，但其實不然，原來故
事才剛開始。因為作者正要表達誤傳「雞肋」軍令其實只
是楊修之死的「近因」，作者目的是要借此交代楊、曹二
人交惡的「遠因」。

　　作者寫這段文字的主題，不是要交代楊修終於有沒有給斬首，而是要交代「楊修給斬首的遠因和近因」，為了配合「楊修為甚麼會給斬首」這個主題，作者就運用倒敍，先寫楊修給曹操斬首的事實，再吸引讀者進一步追尋楊修給斬首的「遠因」，這樣就能收「抽絲剝繭」的效果。因此下文以「原來」二字繼起，詳述楊修遭曹操殺害的「遠因」：

　　原來楊修為人，恃才放曠，數犯曹操之忌。操嘗造花園一所，造成，操往觀之，不置褒貶，只取筆於門上書一「活」字而去。人皆不曉其意。修曰：「門內添『活』字，乃『闊』字也，丞相嫌園門闊耳。」於是再築牆圍，改造停當，又請操觀之。操大喜，問曰：「誰知吾意？」左右曰：「楊修也。」操雖稱美，心甚忌之。又一日，塞北送酥一盒至，操自寫「一合酥」三字於盒上，置之案頭。修入見之，竟取匙與眾分食訖。操問其故，修答曰：「盒上明書『一人一口酥』，豈敢違丞相之命乎？」操雖喜而笑，心惡之。操恐人暗中謀害己身，常吩咐左右：「吾夢中好殺人，凡吾睡着，汝等切勿近前。」一日，晝寢帳中，落被於地，一近侍慌取覆蓋，操躍起拔劍斬之，復上床睡，半晌

而起，佯驚問：「何人殺吾近侍？」眾以實對，操痛哭，命厚葬之。人皆以為操果夢中殺人，唯修知其意，臨葬時指而歎曰：「丞相非在夢中，君仍在夢中耳。」操聞愈惡之。操第三子曹植，愛修之才，常邀修談論，終夜不息。操與眾商議，欲立植為世子，曹丕知之，密請朝歌長吳質入內府商議。因恐有人知覺，乃用大簏藏吳質於中，只說是絹疋在內，載入府中。修知其事，逕來告操，操令人於丕府門伺察之。丕慌告吳質，質曰：「無憂也，明日用大簏裝絹，再入以惑之。」丕如其言，以大簏載絹入，使者搜看簏中，果絹也，報曹操，操因疑修譖害曹丕，愈惡之。操欲試曹丕、曹植之才幹，一日令各出鄴城門，卻密使人吩咐門吏，令勿放出。曹丕先至，門吏阻之，丕只得退回。植聞之，問計於修，修曰：「君奉王命而出，如有阻當者，竟斬之可也。」植然其言。及至門，門吏阻住。植叱曰：「吾奉王命，誰敢阻當！」立斬之。於是曹操以植為能。後有人告操曰：「此乃楊修之所教也。」操大怒，因此亦不喜植。修又嘗為曹植作「答教」十餘條，但操有問，植即依條答之。操每以軍國之事問植，植對答如流，操心中甚疑。後曹丕暗買植左右，偷「答教」

　　來告操，操見了，大怒曰：「匹夫安敢欺我耶！」
　　此時已有殺修之心，今乃借惑亂軍心之罪殺之。

豐子愷的散文作品〈兒戲〉中也運用倒敘，手法跟羅貫中
所用的一樣，該節文字寫兩個孩子打架：

　　樓下忽然起了一片孩子們暴動的聲音。他們
　的娘高聲喊着：「兩隻雄雞又在鬥了，爸爸快來勸
　解！」我不及放下手中的報紙連忙跑下樓來。原來
　是兩個男孩在打架：六歲的元草要奪九歲的華瞻
　的木片頭，華瞻不給，元草哭着用手打他的頭；
　華瞻也哭着，雙手擎起木片頭，用腳踢元草的腿。

兩個孩子打架是結果，先寫；打架的原因則在「原來」一
詞後追述。清代王源在《左傳評》中曾說過文章結構變化
的重要性：

　　敍事之法，切不可前者前，中者中，後者後。

王源認為敍事結構必定要突破順序的格式也許講得有些
絕對，但結構的變化倒是不可不顧的。倒敍就是從次序
顛倒入手令結構起變化。王源在《左傳評》中也指出：

　　中者前之，後者前之，前者中之、後之，使
　人觀其首，乃身乃尾，觀其身與尾，乃首乃身，

> 如靈蛇騰霧，首尾都無定處，然後方能活潑也。

這就是把結構作「錯序」安排的最佳註腳了。但必須要注意：不是為了變化而故意、刻意或賣弄地製造結構上的變化，而是要以文章主題為主導。結構變化能配合主題，才算是恰當的結構。

二、 內在結構的考慮

經脈要貫通

好的文章都有主線，這主線一般是由文章主題發展出來的思路、脈絡或獨特的情感。文章表面上的片段也許分散，但主線（內在結構）卻要集中、統一、連貫。且看杜甫〈絕句〉：

> 兩個黃鸝鳴翠柳，一行白鷺上青天。
> 窗含西嶺千秋雪，門泊東吳萬里船。

詩的四句分寫四個景，有遠有近，有聲音有畫面；其內在結構是寫景物動靜之美，可謂句句點題切題，內在結構氣脈一貫。又如香港詩人鄭鏡明的一首新詩：

> 千千萬萬年了吧？
> 我仍帶着一身傷痕
> 在竹林裏找尋

那失傳的琴

（無絃琴）

和那簫

（無孔簫）

必須找尋

且須堅持

■

沒有路

更沒有所謂方向

萬籟早絕唱了

竹林是無涯無量的海

是宇宙的八陣圖

■

我迷失

我孤獨

我困倦

但

必

須

找

尋……

詩分為三截：第一節講詩人要找那失傳的琴和簫；第二節交代找尋時的迷亂與艱苦；第三節講詩人在迷失中的感覺。三段詩合起來看，其內在結構是以「找尋」為全詩主線。事實上，鄭鏡明這首詩的題目正是——〈尋〉。

重心要明確

初學寫作的人都有一種通病，就是「野心」太大，企圖把所有意念都放到一個作品中去。事實上，一個作品不可能、也不應包含太多或太複雜的意念。一首好詩、一篇好散文或者一個好的故事，焦點集中主線明確，讀者才容易理解。李白經典名作〈靜夜思〉（通行版本）寫道：

> 床前明月光，疑是地上霜。
> 舉頭望明月，低頭思故鄉。

詩人以「月」貫穿全詩，而以「思鄉」為全詩的主線；可謂不枝不蔓，內在結構的氣脈一氣直下，焦點清晰，讀者印象深刻。小時候讀過一首童謠，內容是這樣的：

> 春天不是讀書天，夏日炎炎正好眠。
> 秋有蚊蟲冬有雪，收拾書包好過年。

四句雖分寫春夏秋冬四季，但內在結構聯繫一貫而緊

密，講的都是躲懶的「藉口」。

「重心明確」是做好內在結構的重要標準。作品如果沒有內在結構，讀者就無法有效地理解作品的內容和主題，我們也許曾讀過這樣的評語：主線不明確、行文散亂、文章焦點不清、東拉西扯……指的都是作品內在結構出了毛病。

三、詳與略的考慮

張無忌不用上廁所

經常有人打趣地問：為甚麼武俠小說裏頭的主角都不用上廁所？

這問題涉及文學的真實與現實的真實，也同時是出於結構上的考慮。文學的真實與現實的真實有所不同，文學作品不可能也不應百分之百跟現實一樣。在結構的安排上我們要知道哪個部分要「詳」，哪個部分要「略」；詳略得宜，組織就好。

一般而言，有利或有助於主題表達的可以「詳」（繁），其他的就應「略」（簡），以收明快之效果。武俠小說中的主角是人，按道理是要上廁所的，但為甚麼小說作者一般都不會在上廁所這件一般人認為是十分重要的事情上作詳細交代呢？那是因為上廁所這件事在現實生活中固然重要，但在作品的主題表達上未必有作用，因此「從

略」。如果把作品中所有部分都寫得分量相等、不辨詳略，主題和重點固然難以突出，讀者也會感到沉悶的。

　　武俠小說既以「武」字先行，因此作者一般對小說中的武打情節會作較詳細的交代，有時可能為了形容小說中劍客所使的一下劍招，就不惜花上好幾頁的篇幅去作細緻詳盡的交代，以見其劍招之精妙與變化；但筆鋒一轉，劍客投店去了，作者往往就用「一宿無話」一句簡單交代過去。

　　膾炙人口的經典名篇〈木蘭詩〉，寫花木蘭代父從軍的故事，在敘述中，作者寫木蘭預備行軍所需用品的時候用筆較詳：

> 東市買駿馬，西市買鞍韉。
> 南市買轡頭，北市買長鞭。

寫木蘭戰勝回鄉時的情景也寫得較詳細：

> 爺孃聞女來，出郭相扶將。
> 阿姊聞妹來，當戶理紅妝。
> 小弟聞姊來，磨刀霍霍向豬羊。

但木蘭在戰地十年的作戰情況，作者就只兔起鶻落地說「將軍百戰死，壯士十年歸」，寫得非常精簡。主要原因是〈木蘭詩〉的總主題不是要表達戰爭的殘酷或具體場

面,而是要突顯出木蘭這個奇女子代父從軍的奇行,詳細寫她買駿馬、鞍韉、轡頭和長鞭,可見她從軍意決與策畫之周詳;寫爺孃、阿姊、小弟迎接親人回家的種種片段,是要表達家人如何重視木蘭回家團聚。這都是環繞這位奇女子而下的「詳」筆,而其他次要的都「從略」了。

誰關心老殘點甚麼菜

結構中「詳」的部分通常是細描或補敍的部分,細描或補敍的對象就是與作品主題有密切關係的片段或部分。劉鶚的《老殘遊記》有一節寫大明湖的經典片段,起筆卻甚為簡略:

> 到了濟南府,進得城來,家家泉水,戶戶垂楊,比那江南風景,覺得更為有趣。到了小布政司街,覓了一家客店,名叫高陞店,將行李卸下,開發了車價酒錢,胡亂吃點晚飯,也就睡了。

「家家泉水,戶戶垂楊」只見其大概,是「簡」寫,只因為未到主題部分(大明湖),「開發了車價酒錢,胡亂吃點晚飯,也就睡了」三句交代得簡略而明快,至於老殘晚飯究竟點了甚麼菜?車價酒錢具體又要付多少?相對於主題而言,都不重要,讀者也不關心,交代了反而令讀者感

到作者用筆過於繁瑣，因此從「簡」或從「略」。次日作者遊大明湖，是步入主題的重要段落了，作者就改用「繁」寫：

> 到了鐵公祠前，朝南一望，只見對面千佛山上，梵宇僧樓，與那蒼松翠柏，高下相間，紅的火紅，白的雪白，青的靛青，綠的碧綠，更有那一株半株的丹楓夾在裏面，仿佛宋人趙千里的一幅大畫，做了一架數十里長的屏風。正在嘆賞不絕，忽聽一聲漁唱。低頭看去，誰知那明湖業已澄淨的同鏡子一般。那千佛山的倒影映在湖裏，顯得明明白白。那樓臺樹木，格外光彩，覺得比上頭的一個千佛山還要好看，還要清楚。這湖的南岸，上去便是街市，卻有一層蘆葦，密密遮住。現在正是着花的時候，一片白花映着帶水氣的斜陽，好似一條粉紅絨毯，做了上下兩個山的墊子，實在奇絕。

作者在這裏用了二百多字寫景，寫得細緻而具體，色彩分明，景象鮮活，就像是繪畫工筆畫一樣，一筆一畫細細的描畫，令讀者留下極深刻的印象。比起前文「家家泉水，戶戶垂楊」的概括寫法，這裏無疑是細緻而工密得多；作者一筆簡、一筆繁，組織安排十分恰當。

第 3 章

小題大做
—— 從經典作品學習取材能力

　　一篇作品語言再好、結構再好，如果文章缺乏內容，也談不上是好作品。作家利用語言或結構，無非要把「內容」好好地表達出來。「內容」是作者要表達的意念思想，可以是人物、景物、事物、感情或觀點，由於「內容」涉及的範圍很廣，不容易歸納，要焦點集中地講「內容」的話，一般會從作品的「題材」入手。作品的題材一般來自作者的生活經歷，但又絕非個人生活經歷的「直接翻版」，而是在個人生活經歷中再作提煉，從而訂定寫入作品的「題材」。因此作者取材能力之高低，直接影響作品之素質。所謂取材能力，大概可以從以下三方面作思考。

一、取材的廣度 —— 條條大路通羅馬

　　文學的題材，如從日常題材入手，不外是寫生活瑣事、男女婚戀、興趣愛好、自然風光……如從國族歷史

等嚴肅角度入手，則不外寫歷史片段、家國興亡……。中國文學歷史悠久，作品亦多，可以寫的題材大致上都已經有作家寫過的了。生於千禧年代的人，下筆時也許會有「生不逢時」或「余生也晚」的感嘆。

如果從「佔先」的角度去看，古人生在前，好像佔盡優勢；但人類的生活日新月異，我們今天能經歷的，古人不一定都有機會經歷。杜甫可以寫安史之亂，但不能寫二次大戰或美國「九一一事件」；這個例子說明了每個時代的作者都面對着某些時空上的局限或優勢，因此不能說古人一定佔盡取材上的先機。那是說：如果我們能留意一下生活中的新題材，取之寫入文章中，內容題材就容易予人新穎的感覺。

朱九江先生有一首寫婢女的詩，寫得感情很深，題材也頗特別：

> 新茶煮就手親擎，小婢酣眠未忍驚。
> 記得去年扶病夜，淚痕和藥可憐生。

詩人寫自己煮水泡茶，並回憶去年婢女得病，一邊吃藥一邊哭泣的情景，就不忍心叫醒那倦極而打盹的婢女起來服侍自己。詩的題材特別，寫生活中一件小事，寫生活中多被人遺忘的人（婢女）。詩人在作品中同時灌注了很深的感情（同情與憐愛），讀者讀了很受感動。這個題

材算是新穎，但也並非說古人沒有處理過，陶淵明做彭澤令的時候，送了一個僕人給兒子，並附了一封信。信中說：

> 汝旦夕之費，自給為難，今遣此力，助汝薪
> 水之勞，此亦人子也，可善遇之。

大意是講：兒子早晚生活上的花費和過活都有些困難，哪還有餘力僱請長工，現在送一個長工給兒子使喚，幫忙做些汲水斬柴等家務，以免兒子過分勞累；但工人也是人家的兒子，因此要好好地對待他。題材同樣是寫關於「工人」，也與「愛心」有關，但題材重點卻不相同，朱九江偏重講「情」，陶潛則偏重講「理」；雖有陶潛「此亦人子」的名句在前，但讀起來，朱九江的作品並沒有予讀者老舊的感覺，因為朱九江在這個題材中找到一個前人沒有寫過的片段，這就予人新鮮的感覺。今人蔣韻也以「工人」為作品的題材，作者寫香港的菲籍女傭，又能在陶、朱二人之上寫出另一番新穎感覺，蔣韻〈盛大的Party〉寫假期中聚在一起的「菲傭」：

> ……總之，她們，成千上萬孤身一人背井離
> 鄉漂流到此的女人們，姐妹們，就這樣，在法定
> 休息日，在這舉目無親的城市，浩大地，聚集了

在一起。從前，據說她們是在維多利亞公園，如今挪到了這裏，這座巨大建築的底層或是通道，人來人往的鬧市，席地而坐，三個一群，五個一夥，吃東西，聚餐，用母語用家鄉話暢快地交談、訴說，就像在開一個盛大的 Party。……她們是在相互慰藉吧？相互汲取力量和暖意，來抵擋一個無情的冷酷的都市，她們在這裏加油，然後，才有勇氣像沙粒分散到各處，回到深淵般的孤獨。對了，孤獨，這就是那盛大 Party 的名字——我看到了一個最壯觀的孤獨。

這個題材，陶、朱二公因時空所限，只好讓給蔣韻把那「最壯觀的孤獨」一筆寫盡了。上舉三例在題材上也許相近或相同，但取捨的焦點、片段或運意都不一樣，就會予人「新」的感覺。

又例如古人寫文章講及廁所的很少，能成為名篇的更少。廁所是每個人每天都會接觸的，古人不寫的、少寫的，今人不妨試寫。歐陽修在《歸田錄》中有一則關於廁所的記載：

余平生所作文章，多在三上，乃馬上、枕上、廁上也。

這算是寫廁所的經典名言了。後人繼續加以發揮，理應可以超越前人的。潘步釗有一篇散文名叫〈不平凡的勝利〉，寫的正是因塞廁而領悟到人生道理，其中一節這樣寫道：

> 已經第三天了，塞廁的困擾仍是「剪不斷，理還亂」。走過大堂前，忍不住向管理員老伯吐一下苦水，誰知他馬上獻上良方：把膠水喉塞入廁管，開盡水龍頭，利用水的衝力來清除淤塞着的穢物。我一聽之下，不禁大喜，也暗罵自己的愚笨。抽水馬桶本來用的就是這個原理。看着老伯一面說，一面用手上下比劃，那種急人之難的熱誠，直有古俠士之風。我感激之餘，領悟到他頭上的白髮也是一種文憑——一張我向來忽略了的文憑。

讀者讀到這種「特殊」的題材，容易給那份「新穎感」引起閱讀的動機和興味。前人未寫過的題材或者處理得尚未完美的題材，後人都可以着手處理，實在不愁沒有寫作的題材。

談到取材，香港作家盧瑋鑾（小思）就曾在取材上有過成功的嘗試——《豐子愷漫畫選繹》。小思在經典漫畫中取材：豐子愷用圖像表達意思，小思就利用文字把畫

意表達出來;取材上可謂別出心裁。小思在書的再版跋中,明確地指出:

> 引出這些文字的是豐子愷先生的漫畫,仍然滲透永恒的純樸與溫厚,靜靜如一泓碧翠,反照日月,萬物關情。

很明顯,作者對豐氏的漫畫是十分喜愛的,她讓畫中的意境與自己的生活感受結合,用清麗的文字表達出來,跟讀者分享。這是一部取材特別的書:先是由畫家豐子愷把抽象情感或意境作為漫畫的題材,繪成漫畫,而作者小思又在畫的基礎上,用文字加以闡述畫中的意境感情。這兩重的「重塑」過程,前者透過線條圖像表達,後者透過文字修辭表達,而每一次的「重塑」,都在先前的基礎上有所創新,每次的「重塑」不是單純的「重複」或「因襲」,而是結合畫家或作者本身的經歷,進行創造。這「重塑」的特點在「古詩今畫」一輯中尤為突出,如「簾捲西風,人比黃花瘦」,是李清照的名句,意景清雅,焦點突出,豐氏把這文字意景「重塑」為漫畫,畫中除了有黃花、竹簾和人之外,畫家更運用個人想像,畫簾下女子一手支頤,就很能表現出捲簾人那份慵倦而百無聊賴的身心狀況。在這幅畫的基礎上,小思用文字再一次進行「重塑」,短文中除了點出「瘦字最具神韻」、「肩負了

無比岑寂」的基本主題外，還加入了作者的個人想法：

> 這個污染的時代，縱得見南山，也不再悠然。東籬寂寞，淵明也許折腰去了。只有她，在那兒瘦了一個秋，又一個秋。

你不妨主動細讀一下余光中的〈與李白同遊高速公路〉，該作品也是古典與現代的結合。詩人融合新舊意境，並以現代人的角度看古人。這跟小思的「繹文」有相近之處。讀者若細心比較，一定能發覺余光中和小思，都能用現代文學的表達方式，表達古典情味，但又不時滲進時代氣息，叫讀者知道那不是古典題材的「重複」，而是借古典而創新。

二、取材的角度——橫看成嶺側成峰

　　新穎的題材可吸引讀者；而切入角度「新穎」，同樣可以引起讀者閱讀的興味。

　　寫新題材易於討好，寫傳統題材則要寫得深刻，讀者才會接受。比如你寫一篇講關於穿梭機的文章，由於取材新穎，讀者較容易接受；但如果你寫一篇以「母愛」為題材的文章，就必須要在前人的基礎上有所突破——往往要有新的切入角度，才能引起讀者的興趣。

　　處理傳統寫作題材，正如珠玉在前，我們一方面可

以有豐富的作品作為參考之用，但同時也往往「受困」於
前人的作品，感到難以突破。元人辛文房《唐才子傳》卷
一記載了李白登黃鶴樓見崔顥〈黃鶴樓〉詩而「無作而去」
的軼事：

> （崔顥）後遊武昌，登黃鶴樓，感慨賦詩，及
> 李白來，曰：「眼前有景道不得，崔顥題詩在上
> 頭。」無作而去。

崔顥經典名作〈黃鶴樓〉云：

> 昔人已乘黃鶴去，此地空餘黃鶴樓。
> 黃鶴一去不復返，白雲千載空悠悠。
> 晴川歷歷漢陽樹，芳草萋萋鸚鵡洲。
> 日暮鄉關何處是，煙波江上使人愁。

傳說大詩人李白在讀過崔顥的作品後，覺得無法再寫一
首更好的同題材作品，只好放棄。當然，前人的作品水
平高，給處理過的題材好都像都給「寫死」了，後人只有
「斂手」好了。

但想深一層：既然這個題材這個角度給前人「寫死」
了，那麼何不換另一種處理角度呢？如果試試轉換處理
「黃鶴樓」的角度，其實也可以有所突破，從而帶出新意
的。李白乾元元年（758）流放夜郎途經武昌時也遊黃鶴

樓，曾寫下經典名作〈與史郎中欽聽黃鶴樓上吹笛〉一
絕，詩中也寫黃鶴樓：

> 一為遷客去長沙，西望長安不見家。
> 黃鶴樓中吹玉笛，江城五月落梅花。

這詩也寫黃鶴樓，寫詩人聽到黃鶴樓傳來的笛聲，吹奏
着〈落梅花〉的調子，一時間感到萬分凄涼。江城的五月
雖是夏天，但給凄涼的調子所感染，竟像笛曲調子主題
一樣，真的落起梅花來了。崔顥的詩是用傳統「弔古」的
手法去處理「黃鶴樓」，李白則從個人的流放遭遇出發去
處理「黃鶴樓」，兩首詩都不愧名作，都有價值。

　　舉例來說，以「孝」這個傳統寫作題材而言，派伸開
來可以寫母愛、父愛、母子感情、父子感情。千百年來
已不知有多少名篇以此為題材；冰心〈往事之七〉把母愛
寫得非常「經典」：

> 　　雨勢並不減退，紅蓮卻不搖動了。雨點不住
> 的打着，只能在勇敢慈憐的荷葉上面，聚了些流
> 轉無力的水珠。我心中深深的受了感動——母親
> 啊！你是荷葉，我是紅蓮。心中的雨點來了，除
> 了你，誰是我在無遮攔天空下的蔭蔽？

文章固然情景交融，寫母愛已成經典。冰心用了眼前

的荷葉比喻慈祥偉大的母親，紅蓮則比喻受母愛保護的子女；處理手法主要是用修辭手法把母愛具體地表現出來。後人再寫相同的題材，是否就沒有餘地可寫呢？曾讀過一篇黃惠瑜的得獎散文（青年文學獎），也寫母愛，文章名為〈晚飯〉。文章以晚飯為主線，不直接寫母親、母愛，反而大篇幅地敍寫家中兄弟姊妹在「吃」方面各偏所「食」的情況：

> 家裏七個人，各有不同的品味。爸愛魚，大哥愛菠菜，二哥要碎肉丸，三哥只愛雞，四哥卻永不沾雞，只要雞蛋，而我，獨鍾牛肉……

母親為了遷就各兒女的口味，挖空心思，做的菜令各人都滿意：

> 不過，那時我們很窮，不能每餐都有七種菜，而媽總是很巧妙的弄一些菠菜肉丸湯，牛肉蒸雞蛋，煎魚和雞肉等。

只是孩子漸漸長大了，都不回家吃晚飯。只有在父親生日那天才會熱鬧地聚一聚。而作者為了考試，也習慣在自修室附近吃晚飯。文章的結段是這樣收筆的：

> 只是，那天忘了取一本書，匆忙從自修室跑

回家，正是吃飯時候，卻見桌上孤零零的只放了一碗清湯和一尾魚。

焦點集中地把母親為家人付出的愛具體而有力地表達出來。作者的處理角度完全沒有被冰心的寫法所困囿，反而能脫盡前人窠臼，別出心裁，由「晚飯」這生活小節入手，用簡單的記敍結構寫家中不同時期的「晚飯」，最後道出母愛主題。同題材但卻有不同的處理角度，效果也就不一樣了。如果就「吃飯」去發掘相關的題材，也可以不寫親情而另闢蹊徑的，如王力就取「勸菜」的吃飯細節為題材，寫成文章：

中國人之所以和氣一團，也許是津液交流的關係。儘管有人主張分食，同時也有人故意使它和到不能再和。譬如新上來的一碗湯，主人喜歡用自己的調羹去把裏面的東西先攪一攪勻；新上來的一盤菜，主人也喜歡用自己的筷子去拌一拌。至於勸菜，就更顧不了許多，一件山珍海錯，周遊列國之後，上面就有了五七個人的津液……我未坐席就留心觀察，主人是一個津液豐富的人。他說話除了噴出若干吐沫之外，上齒和下齒之間常有津液像蜘蛛網般彌縫着。入席以後，主人的一雙筷子就在這蜘蛛網裏衝進衝出，後來

> 他勸我吃菜，也就拿他那一雙曾在這蜘蛛網裏衝
> 進衝出的筷子，夾了菜，恭恭敬敬地送到我的碟
> 子裏。

文章寫得生動有趣而具生活氣息。像王力講的「勸菜」情況你也許都見過，寫作的題材原來就在生活中，只要我們多觀察多留意多思考，寫作的題材是不少的。

三、取材的深度——桃花潭水深千尺

寫作要先取材，取材的途徑不外是個人的經歷，但個人的經歷有限，要在題材上開發更多源頭，閱讀就是最好的方法。透過閱讀，我們可以接觸一些個人無法接觸的人和事。把題材的源頭進一步拓闊挖深，寫作時取材就左右逢源，易於下筆了。

透過閱讀掌握前人寫過的題材，一方面可以豐富個人經歷上的不足，另一方面可以在前人處理過的題材中得到啟發，從而寫出自己的作品來。那是說，承繼是為了創新而不是為了蹈襲前人寫過的題材。

魯迅通讀經典作品，他曾創作過一輯作品，都是在古舊經典題材中做拓闊挖深的工作，從而「改編」出屬於自己的作品。這輯作品總題為《故事新編》，魯迅在序中曾說：「那時的意見，是想從古代和現代都採取題材，來做短篇小說。」可見魯迅取材的對象是古今兼取的，在

經典作品中取材，再做拓闊挖深的工作，注入新元素，往往可以成為新的題材。例如魯迅《故事新編》中的〈奔月〉，就是寫神話裏后羿和嫦娥的傳說，這個經典傳說見於《淮南子》，是家傳戶曉的故事。魯迅就「新編」了這經典故事，講善射的羿射下過九個太陽，然後把一切大小動物都射死，最後「射得遍地精光」，百無寄託，只好天天和嫦娥一起吃烏鴉炸醬麵。嫦娥熬不過這樣的生活，終於吃了金丹，獨自向天上飛升。而后羿的弟子逢蒙又在這個時候出現，欺世盜名，還想置后羿於死地。魯迅在「改編」中似乎是着重於表達故事中人物的無奈與孤獨——這是取材上的「舊中藏新」。經典作品對一個作家的啟發是很大的。

又例如經典名作《灰闌記》，本來是元朝李行道所撰寫的包青天公案故事之一，原為戲曲，故事講馬員外家妻妾二人爭一孩子，包拯審理此案件時，命人用石灰於庭階中畫一個闌（闌通欄，即圈），將孩子放置其中，宣稱誰能用力把孩子拉出來了，誰就是孩子的生母。生母張氏不忍用力拉扯孩子，而馬氏則為了奪子嗣而用力把孩子拉出來。包公據此判定張氏為孩子生母。此劇主要表現包公的審案智慧，作為斷案的邏輯前提是：若心懷真情真愛，是寧可放棄所有權，寧可自己蒙受冤屈，也不肯傷害孩子。這個故事叫人容易想到《聖經》中講所

羅門王審理的一件案件，內容跟《灰闌記》所講的大同小異。話說兩個媽媽同時各生了一個孩子，一個小孩被媽媽在熟睡中壓死，剩下一個孩子，兩個媽媽搶着要。所羅門下令劊子手把小孩一刀分斬為二，孩子的生母不忍心，就自動放棄要回孩子。所羅門王據此斷案，馬上把孩子歸還給其生母。

以上兩個故事都經典，只是李元道撰劇取材未必就受《聖經》所羅門王的案例所影響，但德國著名戲劇家貝‧布萊希特於1945年改編創作的《高加索灰闌記》，在取材上就肯定跟上述兩個故事有密切而直接的關係。《高加索灰闌記》講的是格魯吉亞總督在暴亂中被殺，總督夫人倉皇逃命時竟將親生兒子遺棄；善良的女傭冒着生命危險將小主人撫養成人。叛亂平息後，總督夫人為了繼承遺產而要取回孩子，法官阿茲達克也採用包青天的灰闌斷案法：總督夫人不顧死活用力拉扯孩子，而善良的女傭則不忍心孩子被拉傷……故事的結局是：小孩沒有判給其生母，而是判歸養母（女傭）。《高加索灰闌記》表面上跟《灰闌記》沒有分別，其實不然。因為李元道《灰闌記》的結局是透過試驗而最終把孩子交給親生母親；但《高加索灰闌記》的結局則是透過試驗而最終把孩子交給非親生母親。這一點點的改編正是貝‧布萊希特取材於經典而又不為經典所困囿的高明之處。貝‧布萊希特是

重新為「母親」做定義，要讀者或觀眾反思「母親」的定義到底是血緣上的關係還是愛的關係。很明顯，貝‧布萊希特把原來《灰闌記》的題材作了更深、更進一步的深化及發揮。

以下不妨以個人的創作經驗為例，就拓闊挖深經典題材這一點再作說明。朱自清的〈背影〉寫盡了父子間的深厚感情。我早年也寫過一篇名為〈爸爸〉的散文，因受了〈背影〉的啟發，我在文中也寫父親的背影：

> 爸的個子不高，走起路來有一拐一拐的習慣，年紀小而腿短的我趕他不上，我還在黑暗的小巷中，爸已在巷子的另一端，巷的盡頭是一大片白光，爸就像一個剪影似的貼在上面，我一邊走，一邊叫：「爸！別丟下我！」

我用走廊盡頭的一個剪影寫父親的「背影」，雖是背影，但畢竟又與朱自清所寫的「戴着黑布小帽，穿着黑布大馬褂，深青布棉袍，蹣跚地走到鐵道邊，慢慢探身下去」的背影絕不類同。在文章的結尾處我嘗試加入背影的「新元素」——是輪到父親看我的背影了：

> 現在，我已比爸高出很多了，走起路來也比爸快得多，回頭一望，爸還是一拐一拐的走路，

> 矮小的個子只管向前走，一步一步的追上來，卻
> 沒有說一句話。

我年紀小的時候父親走在前，我看他的背影；到我長大
了，反而是我走在前面，輪到父親看我的背影了。我當
時的取材意圖是刻意要讀者由我的文章聯想到朱自清的
〈背影〉，因為主題都是寫父親；但又刻意要在朱自清寫
的「背影」以外創出另一個「背影」來。當年的嘗試也許
未必完全成功，但最少可以說明〈背影〉在題材上對我的
啟發和刺激。

另舉一個以寫「母親」為題材的例子。你也許讀過余
光中的名篇〈親情傘〉：

> 最難忘記是江南
>
> 孩時的一陣大雷雨
>
> 下面是漫漫的水鄉
>
> 上面是閃閃的迅電
>
> 和天地一吒的重雷
>
> 我瑟縮的肩膀，是誰
>
> 一手抱過來護衛
>
> 一手更挺着油紙傘
>
> 負擔雨勢和風聲

多少江湖又多少海

一生已渡過大半

驚雷與駭電早慣了

只是颱風的夜晚

卻遙念母親的孤墳

是怎樣的雨勢和風聲

輪到該我送傘去

卻不見油紙傘

更不見那孩子

這首詩寫母子間的愛寫得含蓄而深刻。第一節透過暴雨中的具體情景，寫母親如何愛護孩子。第二節寫孩子長大了，在風雨之夕反而不能到母親的墓前為母親打傘。余光中在「母親」這題材上挖得很深，利用今昔對比，表達出對母愛無法予以回報的深刻遺憾。詩人如此取材，溯其本源，亦與經典有密切的承傳關係。元朝郭居敬撰的《二十四孝》中，有一個關於王裒「聞雷泣墓」的故事，內容是這樣的：

魏王裒事母至孝，母存日，性畏雷，既卒，殯葬於山林。每遇風雨，聞阿香響震之聲，即奔墓所跪拜，泣告曰：裒在此，母親勿懼。

王裒的母親在世時怕打雷，死後埋葬在山林中。每當風雨之夕，聽到雷聲，王裒就跑到母親墳前，跪拜安慰母親說：「裒兒在這裏，母親不要害怕。」余光中詩中寫遊子到母親墓前打傘的構想，跟經典中王裒聞雷泣墓是一脈相承的，但余光中用「卻遙念母親的孤墳」的「遙念」以虛代實，最後是墓前不見油紙傘也不見打傘的孩子，令思念母親的感情表達得更含蓄，在經典題材的基礎上也有所突破和深化。

| 第 4 章 |

一語中的

——從經典作品學習表達能力

「表」和「達」是兩個概念。

所謂「表」，是指我們透過語言或文字發放某些信息；而「達」則是指聽眾或讀者能夠接收到相關的信息。「表」不一定可「達」，要視乎「表」的能力有多高。有些人講了二十分鐘話，語言上的「表」是做到了，但如果聽眾聽得一頭霧水，那就是「表」而不「達」。同樣，有人寫文章寫了五六千字，文字上的「表」是做到了，但如果讀者不明白文意，作者也是「表」而不「達」。

文章要能感染讀者，當然要能做到既「表」且「達」，否則一切都如石沉大海，讀者完全接收不到作者透過文字所發放的信息和感情，也就不可能對文章有深刻的印象，更不可能引起共鳴。

要怎樣表達，才算是有效的表達呢（即能既「表」且「達」）？可以說，表達能力之高低往往取決於表達是否「具體」、「細緻」和「含蓄」。

一、具體呈現——繪畫「感情」

甚麼是「具體」呢？

簡單來講，「具體」是把抽象的信息變成具象（可感可見），在聽眾或讀者腦海中可以留下具體的畫面及印象；能做到這樣的話，就算具體。比如我們說「冷」，相對於「冷冰冰」而言，後者有「冰」提供了溫度與實物的直接聯想提示，令本來抽象的信息（冷）不單可感，還具體可見；聽眾或讀者印象會更深刻。

文學作品不重述說而重呈現，理由是述說往往流於抽象空疏，呈現則令表達具體可感。一篇作品高下之分野，往往看作者在表達上是否能夠利用呈現手法而達到具體可感的效果。寫文學作品不外是為了抒發感情，但不管是哪一種的「情」，其本質都是抽象的；作者正是要透過想像、重組，運用比喻也好、比擬也好，務要把作品中的「情」具體化。賀鑄在名篇〈青玉案〉中有「借問閒愁都幾許」的名句，「閒愁」本是抽象概念，至於「幾許」一問，就更無從答起；但作者巧妙地把「閒愁」這種感情「繪畫」出來：

> 凌波不過橫塘路，但目送，芳塵去。錦瑟華年誰與度？月臺花榭，瑣窗朱戶，只有春知處。　碧雲冉冉蘅皋暮，彩筆新題斷腸句。試問閒愁都幾

許？一川煙草，滿城風絮，梅子黃時雨。

賀鑄通過描寫暮春景色，抒發了作者感到的「閒愁」。上
片寫路遇佳人而不知所往的悵惘情景，也含蓄地暗示作
者懷才不遇的感慨。下片用「一川煙草」、「滿城風絮」和
「梅子黃時雨」三個比喻來寫因思慕佳人而引起的愁思。
「一川煙草」是無邊無際的如煙青草，「滿城風絮」是在風
中亂舞的柳絮，「梅子黃時雨」是不絕如縷的黃梅時節絲
絲細雨。那繁多、紛亂而又迷茫的景象，就如作者心中
那不能排遣的「閒愁」。作者借用三個具體的畫面，把抽
象的「閒愁」寫成可見可感的優美意境。

南唐李煜也寫過「愁」，他歸為臣虜，曾寫下經典名
篇〈虞美人〉：

春花秋月何時了，往事知多少。小樓昨夜又
東風，故國不堪回首月明中。　雕闌玉砌應猶
在，只是朱顏改。問君能有幾多愁，恰似一江春
水向東流。

作者在這首詞中，抒發了對故國和過去生活的懷念，並
表達自己內心無限的愁和恨。「問君能有幾多愁」的「愁」
是作品的主調，跟句中的「多」都是抽象的概念，怎樣表
達才具體可感呢？作者就用向東流的一江春水，令「多」

和「愁」變得具體，這比喻在讀者腦海中留下一幅春水東流圖，水有多深有多闊，愁就有多深多闊，做到了具體而可見可感的表達效果。

宋朝的蔣捷也寫過一首〈虞美人〉，蔣氏不寫「多愁」而寫人生的不同階段。「人生的不同階段」是抽象的概念，如何可以把「人生的不同階段」呈現出來呢？我們且看一看蔣氏的寫法：

> 少年聽雨歌樓上，紅燭昏羅帳；壯年聽雨客舟中，江闊雲低斷雁叫西風。　而今聽雨僧廬下，鬢已星星也，悲歡離合總無情，一任階前點滴到天明。

他以自身的經歷出發，把人生分為三個階段：少年、壯年、老年。作者分別用三組具體的「聽雨」畫面去「呈現」這三個階段：少年——「聽雨歌樓上，紅燭昏羅帳」；壯年——「聽雨客舟中，江闊雲低斷雁叫西風」；老年——「而今聽雨僧廬下，鬢已星星也」。「紅燭昏羅帳」一句具體有力地寫出少年的輕狂歲月，「江闊雲低斷雁叫西風」則是用空闊清冷的秋景去呈現壯年離鄉背井的淒清哀感。「聽雨僧廬下，鬢已星星也」則用廟宇營造一種既出世又孤寂的晚年氣氛；雙鬢已白（星星），則又具體地表達出「老」的意思。人生的三個階段就由三組畫面作具體呈現。

我們不妨再讀孟郊的經典名篇〈遊子吟〉：

> 慈母手中線，遊子身上衣。
>
> 臨行密密縫，意恐遲遲歸。
>
> 誰言寸草心。報得三春暉。

詩的主題是寫母親對遠遊兒子的關愛之情，但「關愛之情」是抽象的；詩中特別把畫面焦點聚攏在可見的「線」和「衣」之上，詩人巧妙地利用準確的文字描繪母親為兒子縫衣的畫面，具體地呈現出那份「關愛之情」。

　　又例如「死亡」這個概念，如何可以寫得具體呢？鍾偉民在他的詩集《故事》的序言中有一節精彩的片段：

> 死神，那披着黑斗篷、手執巨鐮的形象，要距離得夠遠，才讓人有幻想；如果你發現他已經站在陽台上，像稻草人一樣為你驅鳥，你就不會想到再為他寫一首詩。

作者先把「死亡」這個抽象的概念寫作「死神」，作了初步的定「形」，然後再聯想「死神」的具體穿戴——披黑斗篷、執巨鐮刀——一經詩人聯想再造和點染，就這樣，本來是抽象的「死亡」就變成具體的「死神」了，而且形象典型而鮮活，令讀者印象深刻。

　　作品中交代人的「性格」，也要具體呈現，不要倚賴

「總結性的熟語」。吝嗇、高傲、不亢不卑、愛出風頭、膽小……這些概念化的熟語在塑造人物性格上或表情達意上不會有好的效果。不少人都讀過《史記》的〈廉頗藺相如列傳〉，當中主要描述藺相的性格和為人，所謂兼具「智」、「仁」、「勇」。但「智」、「仁」、「勇」都是抽象概念，如何可以令讀具體感到藺相如的「智」、「仁」、「勇」呢？所謂事實勝於雄辯，司馬遷就用相關的「事實」與「行為」來呈現藺相如的性格：以「完璧歸趙」呈現「智」，以「將相和」呈現「仁」，以「澠池會」呈現「勇」。香港作家羅孚在〈無人不道小思賢〉中也用事實及行為，具體呈現小思的性格；文章的開筆是這樣的：

> 朋友在上海參加了中華文學史料學研討會後對我說「小思真有個性」。

讀者當然一定不會對這種概念描述感滿意，作者必要進一步舉出相關事實來證明、呈現小思如何是一個「有個性」的人。作者接着寫道：

> 原來香港的小思和台灣的應鳳凰她們都去參加了會議，而且帶了重得不能再重的大批資料去，使看到的人都感動。會議結束，照相留念，要女性們蹲在前排，這時小思不幹了，「為甚麼總

是要女的蹲？」有些蹲下了的也被她拉了起來，終
於改變了局面，蹲下來的是男性，女性們這回用
不着折腰。

作者利用一個拍照的小片段，就很立體地呈現了小思反
抗傳統的真個性，「有些蹲下了的也被她拉了起來」更可
見小思的主動和率直，「終於改變了局面，蹲下來的是男
性」的結果更可見小思個性的感染力。

二、細緻描摹──白流蘇點蚊香

　　寫本來是抽象的東西就要使之具體化，如果寫的是
本質具體的人、物或景，那就要注意細緻描摹了。

　　要把本來就具體的人、景或物寫得鮮活明確，表達
才算有效。比如寫人的面貌，描寫對象算是具體了，若
作者只寫「這位小姐有眼耳口鼻和長髮」，讀者是無法知
道那位小姐長相究竟如何的──這也算是「表而不達」。
要令讀者明白作者發放的信息，最起碼要細緻「形容」一
下那位小姐的「眼耳口鼻和長髮」，才算負了作者應負的
表達責任。

　　魯迅寫人甚為傳神，他的經典名作〈孔乙己〉就塑造
了一個傳神而予人深刻印象的藝術形象：

　　　　孔乙己是站着喝酒而穿長衫的唯一的人，他

> 身材很高大；青白臉色，皺紋間時常夾些傷痕；
> 一部亂蓬蓬的花白的鬍子。穿的是長衫，可是又
> 髒又破，似乎十多年沒有補，也沒有洗。

作者由孔乙己的外形寫起，再寫他的臉色和臉上的傷痕，再寫鬍子，然後寫他穿的長衫。每筆都寫得準確而簡要，五六句就成功地勾畫了孔乙己的外貌，表達能力極高。再看魯迅寫的另一個人物，那是經典作品〈祝福〉中的經典人物——祥林嫂：

> 這回在魯鎮所見的人物中，改變之大，可以
> 說無過於她（祥林嫂）的了；五年前的花白頭髮，
> 即今已經全白，全不像四十上下的人；臉上瘦削
> 不堪，黃中帶黑，而且消盡了先前悲哀的神色，
> 彷彿是木刻似的，只有那眼珠間或一輪，還可以
> 表示她是一個活物。

作者寫祥林嫂花白的頭髮，又寫她的臉形和臉色，再利用「木刻」作比喻，把祥林嫂的「呆滯」和「滄桑」寫得活靈活現。點睛之筆是寫祥林嫂的眼珠——「只有那眼珠間或一輪」。祥林嫂眼珠偶爾動一動，才知她仍然活着。這寫法是帶點誇張色彩，但卻叫讀者對祥林嫂留下更深刻的印象。說到誇張，錢鍾書的《圍城》中也常用誇張手法

塑造人物，且看他筆下的「頑童」：

> 那男孩子的母親已有三十開外，穿件半舊的黑紗旗袍，滿面勞碌困倦，加上天生的倒掛眉毛，愈覺愁苦可憐。孩子不足兩歲，塌鼻子，眼睛兩條斜縫，眉毛高高在上，跟眼睛遠隔得彼此要害相思病，活像報上諷刺畫裏中國人的臉。他剛會走路，一刻不停地要亂跑；母親在他身上牽了一條皮帶，他跑不上三四步就給拉回來。他母親怕熱，拉得手累心煩，又惦記着丈夫在下面的輸贏，不住罵這孩子討厭。這孩子跑不到哪裏去，便改變宗旨，撲向看書的女人身上。

頑童「不足兩歲，塌鼻子，眼睛兩條斜縫，眉毛高高在上」，為了要誇張地表達眉毛如何「高高在上」，作者説「跟眼睛遠隔得彼此要害相思病」，刺激讀者想像那道眉毛是如何的「高」。頑童亂跑，他的母親就「在他身上牽了一條皮帶，他跑不上三四步就給拉回來」，那是把孩子當作是狗隻了，作者最後説「這孩子跑不到哪裏去，便改變宗旨，撲向看書的女人身上」，句中的「撲」字就用得準確而巧妙，頑童在錢鍾書筆下，倒真像一隻半瘋的狗。

魯迅和錢鍾書筆下的藝術形象都各自不同，各具面目。假設我們在寫人的時候只寫：「孔乙己是中年男子、

103

祥林嫂是中年婦女；他們都有五官」；完全不作細緻摹描的話，讀者接收到的就只有一個個模糊影像，如此表達，就是失敗。

寫人如此，寫物也一樣。張愛玲筆觸一向細緻，以下引用經典名作〈傾城之戀〉中擦火柴點燃蚊香的一個小片段，以見張氏寫物之精妙與工緻：

> ……流蘇蹲在地下摸着黑點蚊煙香，陽台上的話聽得清清楚楚，可是她這一次卻非常的鎮靜，擦亮了洋火，眼看着它燒過去，火紅的小小三角旗，在它自己的風中搖擺着，移，移到她手指邊，她噗的一聲吹滅了它，只剩下一截紅豔的小旗桿，旗桿也枯萎了，垂下灰白蜷曲的鬼影子。

不少人都有擦火柴的經驗，張愛玲就把各人的經驗演述一次，叫讀者起共鳴。張愛玲不是簡單的以「擦亮了洋火」一句輕輕帶過，而是有層次、有美感地把擦亮洋火寫得深刻細緻：小火燄像一面小小的三角旗……在風中向着火柴枝的另一端燃燒過去……快燒到指頭了，白流蘇把火吹熄了。這本來已經是具體而鮮明的摹描了，但張愛玲還沒有停下來，她繼續描寫那被燃燒過的火柴枝：只剩下一截紅豔的小旗桿、枯萎、最後變成灰白色。在摹描的過程中，作者運用了相當豐富的想像力，旗與旗

桿的關係是小火燚與火柴枝的關係，比喻十分合理而貼切。用「鬼影子」寫灰白蜷曲的炭枝，是以「鬼」寫「蜷曲」，以「影子」寫「灰白」，都寫得非常細緻傳神。

　　寫景，也該如此。唐宋八大家之一的柳宗元經典名篇〈永州八記〉寫景寫得非常精彩，讀者有如見其景之感。作者若無高妙的表達能力，一定營造不出如此動人的效果，以下用〈鈷鉧潭西小丘記〉為例，看一看柳宗元如何細緻摹描鈷鉧潭附近的山水景色：

> 　　得西山後八日，尋山口西北道二百步，又得鈷鉧潭。西二十五步，當湍而浚者為魚梁。梁之上有丘焉，生竹樹。其石之突怒偃蹇，負土而出，爭為奇狀者，殆不可數。其欹然相累而下者，若牛馬之飲於溪；其衝然角列而上者，若熊羆之登於山。

作者在找得西山後的第八天，循着山口向西北走兩百步，又發現了鈷鉧潭。離潭西約二十五步，那水深流急的地方是一道土築的梁壩。梁壩上有一座小土丘，上面長着不少竹子和樹木。作者為了要突顯小丘上的石頭的種種奇形異狀，就工緻地一一刻畫：有些嶒崚重疊、纍纍相負而下，好像牛馬俯身在小溪裏喝水；有些高聳突出，如獸角斜列往上衝的，好像熊羆在登山。作者把山

石的奇特形狀寫得非常具體準確。像柳宗元在〈鈷鉧潭西小丘記〉所寫的景算是靜態的景，有時我們會寫動態的景，那就要在動態的景物上要加添某種氣氛。比如張岱在〈西湖七月半〉中寫杭州人在七月十五日的晚上遊西湖，那車水馬龍的擁擠情況，張岱寫得很清晰，氣氛也極為傳神，令讀者有置身現場的感覺：

> 杭人游湖，巳出酉歸，避月如仇，是夕好名，逐隊爭出，多犒門軍酒錢，轎夫擎燎，列俟岸上。一入舟，速舟子急放斷橋，趕入勝會。以故二鼓以前，人聲鼓吹，如沸如撼，如魘如囈，如聾如啞，大船小船一齊湊岸，一無所見，止見篙擊篙，舟觸舟，肩摩肩，面看面而已。少刻興盡，官府席散，皂隸喝道去，轎夫叫船上人，怖以關門，燈籠火把如列星，一一簇擁而去。岸上人亦逐隊趕門，漸稀漸薄，頃刻散盡矣。

張岱寫杭人遊湖的盛況。杭州人遊湖，巳時出酉時歸，其實是觀賞不到月色的。七月十五這一晚，好名好事的人成群結隊爭着出城，大多給守城門的衛兵送些酒錢，轎夫就舉着火把，列在岸上侍候。一上船，好事者趕趁熱鬧，催促船家趕快把船開往斷橋，好趕入盛會。不久興致盡了，官府的宴會也散席了，衙門的差役喝道

離去，轎夫叫船上人趕快上岸，恐嚇說城門快要關了。這時，燈籠火把排列得像星星一樣，一一簇擁着離開西湖。岸上人也成群結隊趕進城門，遊人越來越少，在頃刻間散盡了。作者為了具體表達出二更前湖上又擁擠又熱鬧的情況，連用十句去寫：「人聲鼓吹，如沸如撼，如魘如囈，如聾如啞，大船小船一齊湊岸，一無所見，止見篙擊篙，舟觸舟，肩摩肩，面看面而已」；寫湖上嘈雜吵鬧，作者寫：人聲和音樂聲如沸騰如震撼（嘈吵），如夢魘如囈語（一片嘈雜但聲音內容卻聽不清），如聾子如啞巴（因人太多話語聽不清也講不清）。寫湖上船多，作者寫：只看到篙擊篙（撐船用的長竹枝）、船碰船。寫湖上遊人多，作者寫：肩擦肩、面看面。西湖中元節晚上的「盛況」經作者着力摹描，熱鬧場景就活現讀者眼前。

三、含蓄蘊藉——不要概念化的口號

我們經常聽到有所謂「口號式」的作品，其實就是指一些表達得不具體但卻空喊口號、喊概念的作品。比如說歌頌母愛，「口號式」的作品會連篇累牘地用概念化的用語去「述說」母愛：母愛真偉大，偉大極了，無處不在，我們不能沒有母愛，母愛是人類必需的……。像這些流於概念化的口號，是絕對不可能感動讀者的。我們寫文章，一定要注意避免「口號式」的表達。

抒情是文學的一大功能。「抒」是發放，「情」是內容。「情」既非具體，就要使之具體：具體則讀者「可感」，「可感」就是既「表」且「達」。抒情效果是否成功，取決於抒情片段能否引起讀者的共鳴。要能引起共鳴，就要能讓讀者參與作者的創作。讀者透過內在的、個人的思考，與作者在心靈或情感上交流，最後因契合而達到共鳴的效果。

我們讀到一篇好作品，往往會覺得作者「先得我心」，作者寫的總是「於我心有戚戚焉」。有一首勸人愛護動物的詩（按：此詩或說是白居易的作品，待考），很能引起讀者的共鳴：

> 誰道群生性命微，一般骨肉一般皮。
> 勸君莫打枝頭鳥，子在巢中望母歸。

詩人認為動物的生命不一定卑微，動物一樣有血有肉。讀了首二句，讀者會「知」，但未必有共鳴；作者巧妙地在第三四句勸人們不要捕殺樹上的鳥，因為牠的孩子也許正在鳥巢裏盼望着牠回家。這樣表達，就能令讀者由「知」而進入「感」，從而想到人誰無父母之親、子女之愛？推己及物，引起共鳴。可以說，如果詩歌只有「誰道群生性命微，一般骨肉一般皮」兩句，就是流於口號式的述說，但一旦加上「勸君莫打枝頭鳥，子在巢中望母歸」

兩句，「愛物如己」的主題就局部地變成了具體的事物和畫面，而這兩句詩正好容讓讀者透過個人的生活和感情經歷去作反思，最後契合詩意而達到共鳴的效果。

所謂表達要「含蓄蘊藉」，意思就是要把文意或主題隱藏在字詞句段之後，作者不須明言而讀者可心領神會。

由於小孩子人生經驗、情感經驗都未足，我們跟小孩子講故事，常會在交代故事情節之後，少不免要來一個「這個故事的教訓是……」，又或者是「這個故事的主旨其實是……」。像這樣的表達方式就是明言述說，目的只是為了遷就小孩子的理解能力。試想，如果一個成熟的讀者，已經有一定的閱讀經驗了，你為這個讀者寫一個故事，還要在最後一段交代「這個故事的教訓是……」嗎？這樣寫只會令讀者感到無味或沉悶。事實上，作品寫得含蓄一點，讀者就可以多一分思考上的參與，因此文學的表達特重暗示和間接，以求達到含蓄蘊藉、引人共鳴的效果。豐子愷的〈作父親〉寫一次小孩子要買小雞兒的事；小販見孩子急着要買，就不肯減價，最後議價不成：

> ……元草的喊聲就變成哭聲。大的孩子鎖着眉頭不絕地探望挑擔者的背影，又注視我的臉色。我用手掩住了元草的口，再向挑擔人遠遠地招呼：

「二角大洋一隻，賣了罷！」

「沒有還價！」

他說過便昂然地向前進行，悠長地叫出一聲「賣──小──雞───」其背影便在街口的轉角上消失了。我這裏祇留着一個號啕大哭的孩子。

對門的大嫂子曾經從矮門上探頭出來看過小雞，這時候便挈着針線走出來倚在門上，笑着勸慰哭的孩子說：

「不要哭，等一會兒還有擔子挑來，我來叫你呢！」她又笑向我說：

「這個賣小雞的想做好生意。他看見小孩子們哭着要買，越是不肯讓價了。昨天坍牆圍裏買的一角洋錢一隻，比剛纔的還大一半呢？」

我對她答話了幾句，便拉了哭着的孩子回進門來。別的孩子也懶洋洋地跟了進來。我原想為長閒的春晝找些點綴而走出門口的；不料討個沒趣，扶了一個哭着的孩子而回進來。庭中的柳樹正在駘蕩的春光中搖曳柔條，堂前的燕子正在安穩的新巢上低徊軟語。我們這個習巧的挑擔者和痛哭的孩子，在這一片和平美麗的春景中很不調和呀！

關上大門，我一面為元草揩拭眼淚，一面對

孩子們說：

「你們大家說『好來，好來』『要買，要買』，那人便不肯讓價了！」

小的孩子聽不懂我的話，繼續唏噓着；大的孩子聽了我的話若有所思。我繼續撫慰他們：

「我們等一會再來買罷，隔壁大媽會喊我們的。但你們下次……」

我不說下去了。因為下面的話是「看見好的嘴上不可說好，想要的嘴上不可說要。」倘再進一步，就要變成「看見好的嘴上應該說不好，想要的嘴上應該說不要」了。在這一片天真爛漫光明正大的春景中，向哪裏容藏這樣教導孩子的一個父親呢？

作者透過敍述一件生活小事，把成年人在議價中的爾虞我詐跟小孩子的天真率直作對比，最後卻含蓄間接地把主題輕輕描畫一下，不作說教；收筆是借寫「一片天真爛漫光明正大的春景」表達人世的美善本質，「向哪裏容藏這樣教導孩子的一個父親」是深切的自我反省和詰問。成年人讀了，一定有很深的反思。

很多人都有過動人的經歷，也希望有動人的經歷，但有動人的經歷不一定可以寫出動人的作品；關鍵就是

表達的問題。我們有時會有這樣的誤解：以為寫一些動人的內容就可以動人。其實動人與否既要看作者「寫甚麼」（取材），同時也要看作者「怎樣寫」（表達）。

　　不少人都讀過聞一多的經典名篇〈也許〉，〈也許〉之所以感人，不是單單因為詩人喪女的事實，而更是因為詩人把喪女的悲痛寫得很含蓄，含蓄抒情就不易出現「濫情」：

> 也許你真是哭得太累，
> 也許，也許你要睡一睡，
> 那麼叫蒼鷺不要咳嗽，
> 蛙不要號，蝙蝠不要飛。

> ■

> 不許陽光撥你的眼簾，
> 不許清風刷上你的眉，
> 無論誰都不許驚醒你，
> 我吩咐山靈保護你睡。

> ■

> 也許你聽着蚯蚓翻泥，
> 聽那細草的根兒吸水，
> 也許你聽這般的音樂，

比那咒罵的人聲更美。

■

那麼你先把眼皮閉緊，
我就讓你睡，我讓你睡，
我把黃土輕輕蓋着你，
我叫紙錢兒緩緩的飛。

（版本據 1929 年《死水》）

司馬長風在《中國新文學史》中評此詩：

如果一個人死了心愛的人，在他墳前，把這
首詩字斟句酌的唸兩遍，你會靜靜的流淚，而不
會嚎啕。

詩人透過「叫蒼鷺不要咳嗽」、「蛙不要號，蝙蝠不要
飛」、「吩咐山靈保護你睡」、「把黃土輕輕蓋着你」、「叫
紙錢兒緩緩的飛」幾個句子，表達出父親對女兒的愛護與
關懷，而這份對女兒的愛護與關懷，是至死不渝的。詩
人間接地用「睡」代寫「死」，而且刻意淡化喪女的悲哀，
詩人用筆越淡，則用情越深。

　　要作品的「情」抒發得含蓄間接，有時可以活用字詞
雙關的手法，表達往往帶靈巧的文采和豐富的意趣，耐

人玩味。如唐代詩人劉禹錫的〈竹枝詞〉：

> 楊柳青青江水平，聞郎江上唱歌聲。
> 東邊日出西邊雨，道是無晴卻有晴。

作品描寫優美的景色：平靜的江水，青翠的柳絲垂在江邊。江面上傳來歌聲。這時東邊出太陽，西邊卻還在下雨。天氣陰晴不定，說不是晴天呢，卻還像是晴天。詩人巧妙地把「晴」字雙關「情」字，即是說，作者其實是要講「情」——道是無情卻有情，道出了人們面對感情時那種患得患失的感覺。作者不用直接寫法，而利用「東邊日出西邊雨」這驟晴驟雨的景象引出陰晴不定的結論，巧妙處是「晴」「情」諧音雙關，讓讀者聯想到「無情、有情」的主題。讀者無形中參與了作者的創作，最後與作者的構思契合，在思考的過程中生出趣味和共鳴來。香港作家胡燕青在散文〈彩店〉中有這樣的片段：

> 春天還沒走遠，母親就把一家老小的冬衣都捧了出來，擱在陽台上曬。這樣一擱又是一年，我們竟在這短短的橫街上足足擱上二十多年了。每天進進出出，這舊樓的木梯子已經被鞋底磨出亮光來，那吱吱的叫聲也就變得更理直氣壯。

這段是回憶文字。作者先由曬冬衣棉被的生活片段入

手，第三句的「擱」字本來是如實地表達出把冬衣「擱放」
在陽台上的情況，但第四句的「擱」字就拈連雙關，「擱」
的詞意一方面承上句的「擱放」之意，一方面下開「耽擱」
的意思。到第五句「擱」字的意義已經純然過渡到「耽擱」
的意思了。讓一個「擱」字在段中出現三次，前後拈連雙
關，就把故居二十年的光景節奏明快地交代了。作者不
直接明言在居故的「耽擱」之情，卻提供思考渠道讓讀者
思考意會，讀者在投入的同時，就容易產生共鳴和趣味
了。

第 5 章

思前想後

——從經典作品學習想像能力

中國傳統文學理論中講的「比」和「興」，都與想像有密切關係。

其實，文學作品大都具有豐富的想像成分，作家沒有恰當的想像，幾乎不可能寫出好的作品。因為「想像」是作者個人主觀的思考成果，「想像」既因人而異，作品也就容易寫出個人的風格，也更能給讀者新穎的感覺。一個從事寫作的人，其寫作特色、風格與個人創意，往往跟想像能力有密不可分的關係。

要寫好一篇文章，就要懂得如何運用想像能力。想像能力包括「想像的應用」與「想像的經營」兩個部分。

一、想像的應用

文學想像要透過應用才能表現出文藝效果，歸納而言，在寫作時常用的最少有以下三種想像：超現實的想像（誇張）、相似的想像（比喻）及移情的想像（比擬）。

1. 超現實的想像——天馬行空

此處要講的超現實並不是說寫科幻作品的超現實想像，寫科幻作品的超現實想像是屬於題材上的想像。本節要講的主要集中在作品裏頭寫到的人、物、情、事、時、空等對象時，為了要引起讀者注意，為了有更好、更突出的表達效果，作者可以透過超現實的想像達到目的。

超現實的想像能令要寫的人物情事變得不平凡，容易引起讀者的注意，也容易做出鮮明的形象。作品中經常會觸及的美醜大小高矮闊窄等概念，如實地寫出來只是客觀地寫得「對」，但不一定能引起讀者的閱讀興趣。如果作者能在真實的基礎上作某程度上的超現實想像，讀者就會感到有趣而新奇；我們常用的誇張法，就屬於超現實想像。劉勰《文心雕龍》〈夸飾〉中也說：

> 故自天地以降，豫入聲貌，文辭所被，夸飾恆存。雖詩書雅言，風格訓世，事必宜廣，文亦過焉。是以言峻則嵩高極天，論狹則河不容舠……。

劉勰認為從開天闢地以來，凡是涉及聲音狀貌的，只要是通過文辭表達的，就往往涉及「誇張」；即使是《詩經》、《尚書》中強調雅正的作品，在文辭上也必然有「超

現實」的想像成分。所以《詩經》裏面談到「高」就誇張地說山高可及天，談到「狹窄」就誇張地說河裏連一條小船都容不下。修辭學家黃慶萱在《修辭學》中也曾提到：

> 言文中誇張鋪飾，超過了客觀事實是為「夸飾」。「夸飾」的主觀因素是作者要「出語驚人」；「夸飾」的客觀因素是讀者的「好奇心理」。

由於誇張能把要講的概念加工成「超現實」，讀者就容易產生趣味。李白寫廬山瀑布，也運用誇張：

> 日照香爐生紫煙，遙看瀑布掛前川。
>
> 飛流直下三千尺，疑是銀河落九天。

高聳的香爐峰，在日光的照射下，現出一片紫色的霞光。遠遠看去，白色的瀑布就好像掛在山川的前面；那瀑布一瀉而下有整整三千尺，令人以為是天上的銀河灑落在人間。詩人把瀑布寫成「三千尺」，又說以為是天上的「銀河」瀉下人間，都是超現實想像所營造的文藝效果，所寫雖不是「現實」也不「真實」，但卻能給讀者留下深刻的印象。《晏子春秋》中記齊國的晏子出使楚國，因晏子身量不高，被楚王取笑齊國無人，晏子回答就用了誇張的手法：

> 晏子對曰：「臨淄三百閭，張袂成陰，揮汗成雨，比肩繼踵而在，何為無人？」

晏子說齊國臨淄的居民多得很：如果每個臨淄的居民都把衣袖（袂）張開，太陽也會給遮蔽；如果臨淄的居民流汗，汗水多得如下雨一樣；臨淄的居民一出大街就肩碰肩、腳踝接腳踝的。如果你是楚王，聽了晏子的話，能說齊國「無人」嗎？晏子為了要達到表達「人多」的效果，就誇張地把人的衣袖和汗水作超現實的處理和加工。莎士比亞的《哈姆萊特》也運用不少超現實想像，當中有一節敘述父王的鬼魂跟王子講的一段話，其「開場白」就很引人入勝：

> 我可以告訴你一點事，最輕微的一句話，都可以使你魂飛魄散，使你年輕的血液凝凍成冰，使你的雙眼像脫了軌道的星球一樣向前突出，使你的糾結的鬈髮根根分開，像憤怒的豪豬身上的刺毛一樣森然聳立……。（朱生豪中譯）

父王鬼魂要講的是怎樣的故事？作者只誇張地交代故事中「最輕微的一句話」將會帶出的震撼效果，故事內容一句都未講，已收懾人、動人之效。

正因為作者利用超現實想像，就容易刺激讀者的想

像，一些用文字也未必能完全傳遞的信息或意思，在讀者主觀想像中都會變得完整。那是說，讀者的想像可以增補傳意上的不足或局限。比如說「美」，作者要百分百把「美」講清楚，並不容易，因此可以利用超現實的想像把要講的「美」加工，藉以刺激讀者的想像，讀者就可以透過主觀想像把「美」這個概念增補成完整的概念。《漢書》〈外戚傳〉講李延年為了把自己的妹妹介紹給皇帝，就利用超現實的想像去描寫妹妹的「美」：

> 北方有佳人，絕世而獨立。一顧傾人城，再顧傾人國。寧不知傾城與傾國，佳人難再得。

李延年把妹妹講成是絕代佳人，正因為風華絕代的「風華」難以言傳，李延年就不直接講美人的樣貌，改用誇張手法去寫佳人的「美」；佳人的美，美得可以叫一個城邑、一個國家滅亡。那是誇張地說：一國之君、一城之主，都會為了這佳人的「美」而甘願放棄家國城邑。那是一種怎樣的「美」？又是怎樣的一位「佳人」？李延年是為了吸引皇帝的注意，要皇帝自己去想像心目中、理想中或經驗中的「最美」。果然，皇帝聽到李延年這首作品後，即受感動，說：「善，世豈有此人乎？」可見誇張的藝術感染力量。

貫雲石有一首著名的散曲〈清江引〉，同樣與「誇張」

聯想有關：

> 若還與他相見時，道個真傳示。不是不修
> 書，不是無才思。遶清江，買不得天樣紙。

內容說作者思念一位久不見面的朋友，剛巧有一位第三
者有可能會見到這位朋友，於是作者託他向朋友問好，
並向他解釋不是自己不想寫信，也不是沒有才思寫信，
只是買不到一張好像「天」一樣大的紙可以寫上對好友
的重重思念。「天樣紙」才可以寫下對友人的思念，這講
法雖是誇張，但表達了作者對朋友思念的殷切。從文學
角度看，我們會接受，讀後並且會有驚歎的感覺。李白
〈秋浦歌〉的「白髮三千丈」和〈北風行〉的「燕山雪花大
如席」，也很誇張，但從文學欣賞角度看，則不失為好的
文學作品。以上的例子雖然是極盡誇張之能事，畢竟是
「合理的誇張」也「誇張得合理」。但如杜甫的〈古柏行〉
「霜皮溜雨四十圍，黛色參天二千尺」則似乎是「誇張得
不合理」。沈括在《夢溪筆淡》評此詩：「四十圍乃是徑
七尺，無乃太細長乎？」沈括認為這棵樹若按杜甫所言，
比例是高而且幼，應該很容易折斷。如果我們讀詩像沈
括一樣，恐怕未必能欣賞詩歌的美。我們應理解詩人可
能只是說一些樹是「四十圍」，另一些樹則是「二千尺」，
不一定是說同一棵樹。杜牧的〈江南春〉亦被評為誇張得

不合理：

> 千里鶯啼綠映紅，水村山廓酒旗風。
>
> 南朝四百八十寺，多少樓台煙雨中。

《升庵詩話》批評「千里鶯啼，誰人聽得？」認為距離千里未免太遠，根本不會聽到鶯啼，如果是「十里」則比較合理。後來何文渙在《歷代詩話考索》中反駁說：「即作十里，亦未必盡聽得着。」此句實在是用誇張法「言其廣闊」而已。所以從文學角度來看，其「有理」與「無理」是不重要的，重要的是讀者能否感受到那種美。

　　除了數字上的誇張外，有時感情上的誇張亦令人難以置信。例如黃庭堅的〈題惠崇畫圖〉說他看了一幅畫，畫裏有一隻船，他想形容船畫得很逼真，說「欲放扁舟歸去，主人云是丹青」。他想叫船開行，但畫的主人告訴他這只是一幅畫；這是非常誇張的寫法。後來王若虛評此詩云：「使主人不告，當遂不知？」──難道沒有畫作的主人告訴你這是一幅畫，你就看不出這是一幅畫嗎？王氏是評黃詩誇張得有點過分。但若以誇張的修辭藝術角度來看，詩人能說出畫的逼真程度，是很不錯的。

2. 相似的想像──如花似玉

　　作者根據事物與事物之間的相似點展開想像，把某

一事物比喻作另一事物，就是比喻。比喻可使事物形象鮮明生動，加深讀者的印象。用比喻來說明道理的話，能使道理通俗易懂，使人易於理解。比喻的效果是把抽象的變得具體，把深奧的變得淺顯，把陌生的變成熟悉。

比喻是文學作品常用的手法，但也是最不容易運用得好的手法。要符合比喻的基本要求，寫一個明喻、暗喻或借喻都不難，這是小學程度的作者都可以勝任的工作。只是任何手法，都要看效果好不好，又要看是否有新意，而不是說運用了比喻就一定是好作品。

抽象的概念，讀者難以掌握，作者就要運用相似的想像把作品中抽象的概念具體化。比如說聲音或音樂，是頗抽象的，如果作者要透過文字為讀者「描寫」聲音或音樂，就必須要看這個樂章跟生活中哪些具體事物相似，從而把抽象而不可見的概念寫成可見的具體物。《老殘遊記》中有一節講老殘在明湖居聽王小玉說書，作者就運用比喻令說書者的聲音變得「具體可見」：

> 王小玉便啟朱唇，發皓齒，唱了幾句書兒。聲音初不甚大，只覺入耳有說不出來的妙境，五臟六腑裏，像熨斗熨過，無一處不服貼，三萬六千個毛孔，像吃了人參果，無一毛孔不暢快。唱了十數句之後，漸漸的越唱越高，忽然拔了一

個尖兒，像一線鋼絲拋入天際，不禁暗暗叫絕。
那知他於那極高的地方，尚能回環轉折；幾轉之
後，又高一層，接連有三、四疊，節節高起，恍
如由傲來峰西面攀登泰山的景象：初看傲來峰削
壁千仞，以為上與天通；及至翻到傲來峰頂，才
見扇子崖更在傲來峰上；及至翻到扇子崖，又見
南天門更在扇子崖上；愈翻愈險，愈險愈奇。那
王小玉唱到極高的三、四疊後，陡然一落，又極
力騁其千迴百折的精神，如一條飛蛇，在黃山
三十六峰半中腰裏盤旋穿插，頃刻之間，周匝數
遍；從此以後，愈唱愈低，愈低愈細，那聲音就
漸漸的聽不見了。滿園子的人，都屏氣凝神，不
敢少動。約有兩三分鐘之久，彷彿有一點聲音，
從地底下發出。這一出之後，忽又揚起，像放那
東洋煙火，一個彈子上天，隨化作千百道五色火
光，縱橫散亂，這一聲飛起，即有無限聲音，俱
來並發。那彈弦子的，亦全用輪指，忽大忽小，
用他那聲音相和相合；有如花塢春曉，好鳥亂
鳴，耳朵忙不過來，不曉得聽那一聲為是。正在
撩亂之際，忽聽霍然一聲，人弦俱寂。這時臺下
叫好之聲，轟然雷動。

劉鶚藉各種具象的比喻，描寫抽象的頓挫之聲，極其恰切他描寫說書聲音轉變無窮之狀，當中比喻連珠而發，令讀者「目」不暇給。作者先講個人內心之快感，形容五臟六腑伏貼之狀，如熨斗熨過；再從身體的快感入手，形容身上各個毛孔，如吃了人參果，無一不暢快。王小玉唱十數句低音後，漸漸越唱越高，忽而拔起尖聲，以鋼絲拋空之響聲為喻。在極高處，迴環轉折數轉後，又高一層，接連三、四層，節節拔高。聲音至拔到極尖處，好像到了極限，但王小玉竟能在音域的極高處，迴轉數轉後，又高一層，接連三、四層後，又能一級級地拔高，作者用遊傲來峰登泰山的景象作比喻：初看傲來峰，以為通天之高；至傲來峰頂，始見扇子崖更在傲來峰上；翻到扇子崖，又見南天門更在扇子崖上；愈翻愈險，愈險愈奇。唱至極高之三、四疊後，聲音陡然一落，又極力騁其千迴百折之致。在音調陡落的轉變間，作者以黃山和想像中的飛蛇為喻，說飛蛇盤旋穿插於黃山三十六峰的半山腰。及後又彷彿有一絲聲音，自地底下發出，忽又揚起。本來是愈唱愈低，愈低愈細，此時忽然拔起，作者以煙火（煙花）為喻，具體地把王小玉說書之高潮表達得淋漓盡致。胡適的〈《老殘遊記》序〉也提到王小玉說書的一節，胡適甚為讚賞：

　　第二回寫王小玉唱書的一大段，是遊記中最用氣力的描寫……這一段寫唱書的音韻，是很大膽的嘗試。音樂只能聽，不容易用文字寫出，所以不能不用許多具體的物事來作譬喻。白居易、歐陽修、蘇軾都用過這個法子。劉鶚先生在這一段裏連用七八種不同的譬喻，用新鮮的文字，明瞭的印象，使讀者從這些逼人的印象裏，感覺那無形象的音樂的妙處。這一次的嘗試總算是很成功的了。

胡適評語中提到的白居易，也擅用比喻寫「聲音」。白居易〈琵琶行〉對音樂的描寫十分精彩。音樂是難以捕捉的，白居易卻能令讀者接收到具體的形象。如〈琵琶行〉中用了一連串的比喻來形容琵琶的聲音：「大絃嘈嘈如急雨，小絃切切如私語。嘈嘈切切錯雜彈，大珠小珠落玉盤。」「急雨」、「私語」和珠落玉盤等比喻，都使讀者如「見」其聲。

　　深奧的概念讀者不易掌握，作者就要運用相似想像，透過比喻把深奧的概念寫得淺易，讀者就易於起共鳴。如果寫的是議論文章，讀者就容易認同你的意見，收說服的效果。比如「團結的力量」，這個概念抽象而不易理解，豐子愷在〈散沙與沙袋〉就這樣設喻：

　　沙是最不可收拾的東西。記得十年前，我在故鄉石門灣的老屋後面闢一兒童遊戲場，買了一船河沙鋪在場上。一年之後，場上的沙完全沒有了。他們到哪裏去了呢？一半黏附了行人的鞋子而帶出外面去，還有一半陷入泥土裏，和泥土相混染，只見泥而不見沙了。這一船沙共有十多石，講到沙的粒數，雖不及「恒河沙數」，比我們中華民國的人口數目，一定更多。這無數的沙粒到哪裏去了呢？東西南北，各自分散，沒有法子召集了。因為他們的團結力非常薄弱，一陣風可使他們立刻分散。他們的分子非常細小，一經解散，就不可收拾。

　　但倘用袋裝沙，沙就能顯示出偉大的能力來。君不見抗戰以來，處處地方堆着沙袋，以防敵人的炮火炸彈的肆虐麼？敵人的槍子和炸彈一碰着沙袋，就失卻火力，敵人的炸彈片遇着沙袋，也就不能傷人，沙的抵抗力比鐵還大，比石更強，這真是意想不到的功用。

　　原來沙這種東西，沒有約束時不可收拾，一經約束，就有偉大的能力。中國四萬萬人，曾經被稱為「一盤散沙」。「抗戰」好比一隻沙袋，現在已經把他們約束了。

作者用沙的分散與聚合，具體而淺白地把團結的力量講清楚；讀者在比喻中說明團結與不團結的後果和效果。又例如要表達一些複雜和抽象的概念，也要作相似的想像，為概念設喻。試看羅菁在〈我愛你〉一文中，透過外國人常把「我愛你」掛在嘴邊的生活小節，嘗試對比東西文化背景下的不同示愛方式：

> 唉！跟這些西人永遠有「情」說不清，因為他們是電燈開關，我們是火柴。他們的感情開關常是擦的一聲，甚麼都無所遁形。我們的火柴卻是摸黑半天才找出來，還得看風向是否穩定，是否擦中焦點，好不容易點亮之後，能看見的也不過是盈盈漾漾的輪廓，撲朔迷離，有時得靠想像力補足，有時又得靠處世經驗推敲。身為中國人，我們都習慣摸黑，再享受想像的浪漫氣氛，以及推敲出來的驚喜。

作者用「電燈開關」喻西方人的示愛方式，用「火柴」喻東方人的示愛方式。「電燈開關」是碰一下就能開著，而且光線充足，因此「甚麼都無所遁形」；那是說西方人對愛比較敏感，很容易就觸起「愛」和「被愛」的感覺，而且示愛絕不低調，一下子要把心底裏對對方的愛都全盤說出來。中國人卻像「火柴」，比喻中講及的「摸黑半天

才找出來」、「還得看風向是否穩定，是否擦中焦點」，一方面是擦火柴的生活經驗，另一方面是比喻中國人對示愛的低調態度，那種幾乎是不善於示愛的情態，在摸黑擦火柴的比喻中表達得很具體。火柴着了，但光線微弱，「得靠想像力補足」就是說中國人示愛不夠明確清楚，經常要對方「推敲」、「想像」。像以上的東西方示愛對比是不容易寫得清楚明確的，但作者一旦用了巧妙的比喻，對比就顯得十分清楚了，最重要的是為行文增加了趣味，倘若光是把道理作客觀說明，效果就會遜一籌的了。

寫一些讀者感到陌生的概念時，運用相似想像，讓讀者感到熟悉，效果自然會好。記不起哪兒聽來一個故事，話說某人扶乩請神，居然關公顯靈。扶乩者好奇地問關公戰敗後被斬首的感覺是怎樣的。給斬首是很個人的感覺，而且這種感覺幾乎是沒可能有「活口」給好奇者重述講解的。故事中的「關公」對該名好奇的扶乩者說「刀落處如秋風過耳，刀過處如萬箭穿心」，連用兩個比喻，讓陌生的變作比較熟悉可感，比喻尚算「及格」。

3. 移情的想像——萬物有情

把「人」、「物」相互轉化，造成擬人或擬物的效果，都要靠移情的想像。

一般把「物」當作「人」來寫，讓死物着染人的情態，是為擬人。把「人」當作「物」來寫，讓人着染物的情態，是為擬物。無論是擬人還是擬物，都得透過移情想像才可以完成。移情的想像主要是打通人和物的界限，人化或物化都可以帶出新奇或有趣的效果。小孩子都愛看童話、寓言，構成童話或寓言的其中一個重要元素就是移情想像。童話中雀鳥能言、花樹能笑、人有翅膀；種種情事，都是由移情想像所構成。你也許讀過呂夢周的〈水的希望〉，故事中的花瓶、梅花和水都可以講話，而且有人的感情，花瓶內的水還很嚮往自由：

> 長久看着它（水）掙扎的花瓶有點氣憤説：「甚麼？你嫌地方不好嗎？老實和你説，我是這間書房裏最珍貴的東西，你在我的肚子裏，並且還陪伴着那高雅芬芳的梅花，你還不滿足嗎？不要這樣的吵鬧，我勸你還是安靜些住下來吧！」

> 水聽了這樣的話，一點沒有安靜下來。它只是叫喊着：「我不管你怎樣的珍貴，我想就使造了一座世界上最精緻的牢獄，也不會有人願意去住的吧！而且把這枝好好的梅花折來做甚麼？在這裏，最多不過做個點綴罷了。而我卻還有許多切實的事情要做呢。誰有閒情來欣賞這可憐的折枝？我一定要出去，一定要出去！」

　　花瓶冷淡地說:「好吧,你要出去,且看你自己的本領吧。不懂事的水啊,你能夠走出我的範圍嗎?」

童話或寓言都大量運用擬人,但不要誤以為只有童話才用;其實不同年齡的讀者都有此「童心」,都接受比擬;因為在比擬中人和物的特點可以彼此濡染,打破了「物」「我」的現實界限,這是文學創作特有的思考方式,在其他領域很難經驗得到由比擬帶來「物」「我」相融的特殊效果。唐代大詩人杜牧的〈贈別〉也用上了擬人手法:

　　多情卻似總無情,唯覺樽前笑不成。
　　蠟燭有心還惜別,替人垂淚到天明。

詩人把蠟燭寫成是人,會垂淚,而且是「替人垂淚」。詩人看到的也許是蠟燭在燃燒時產生的蠟溶液,但經移情想像加工後,送別的悲苦之情就一下子感染了客觀事物(蠟燭),蠟燭就變成有生命有感情的事物了。李商隱也寫過蠟燭,也寫蠟燭的「淚」,他在〈無題〉中說:

　　相見時難別亦難,東風無力百花殘。
　　春蠶到死絲方盡,蠟炬成灰淚始乾。
　　曉鏡但愁雲鬢改,夜吟應覺月光寒。
　　蓬萊此去無多路,青鳥殷勤為探看。

第三句講「春蠶」吐「絲」是寫實，因為「春蠶」確會吐「絲」；但第四句講「蠟炬」(蠟燭)「淚乾」則是擬人轉化，寫得異常傳神。客觀事物本無悲喜，卻可以在比擬後隨着作者或喜或悲。邵燕祥的〈致空氣〉通篇都把「空氣」擬人，以下節錄幾段為例：

> 星光因你而閃爍
> 波光因你而搖曳
> 我的質樸到透明的朋友
> 你無所不在
> 又難尋蹤跡
> ⋯⋯
>
> 失眠時，我從鼻息聽到了你
> 只有你不肯把我拋棄
> 在我將要窒息的時候
> 掀動我的鼻翼
> 在我生命如絲的時候
> 陪伴着我呼吸
> 哪怕那污濁的地牢
> 使你也染上污濁
> 但你輕輕噓着我的面頰
> 許我以濕鹹的海風

> 森林草野的青氣
>
> ……
>
> 蹤跡難尋又無所不在
>
> 廝守身邊卻默無一語
>
> 影子會有離開的時候
>
> 你從不離開我，我也離不開你
>
> 永不分離，永不分離，到最後的一息

移情想像雖不合理但卻合情。詩人把「空氣」說成「你」，很親切地跟空氣談話。「空氣」在詩人筆下變成了有人的性格、有人的意圖；詩題〈致空氣〉也就是給「空氣」寫信似的，很能配合作品的擬人氣氛。

二、想像的經營

　　如果作品中真的要有想像，那就一定要把想像好好經營，效果才會好。《世說新語》中有一個關於想像比賽的故事：

> 謝太傅寒雪日內集，與兒女講論文義。俄而雪驟，公欣然曰：「白雪紛紛何所似？」兄子胡兒曰：「撒鹽空中差可擬。」兄女曰：「未若柳絮因風起。」公大笑樂。

謝太傅在家庭聚會上即景出題，問「白雪紛紛何所似」，

謝朗（兄子胡兒）以「撒鹽」喻雪，而謝道韞（兄女）則以「柳絮因風」喻雪，二人都運用比喻想像。不論以鹽或以柳絮作比喻，在形式或顏色上都跟本體（雪）十分貼切。而且，二人都留意到雪的動感，「撒」和「因」（隨着）二字就是呼應雪的動感而寫的。只是「柳絮因風起」所引起的優美聯想，對比於「撒鹽空中」的講法，「撒鹽」之喻明顯較為硬俗。由此可知，文學中的想像要成功，就必須要細心琢磨、經營才行。

怎樣才算是成功的想像呢？個人認為最少要注意以下兩項：其一是想像內容務要「新穎」，其二是想像成果要能「發展」。

1. 創新想像──貪新忘舊

想像成果如屬陳濫者，不如不寫。

有人說第一個把女孩子說成是花的人，是天才；第二個把女孩子說成是花的人，是庸才。除非你寫文章只是純粹為了自娛，否則就要常常做好各種「想像」的預備，要給自己培養出個人而獨特的想像角度或思路。

從積極方面來講，別人的想像「成果」一定要好好參考，否則無從知道別人的「想像」已經到了甚麼地步。總覺得寫作不可能是「封閉」地進行的，「封閉」的意思是：不管別人怎樣寫、寫到甚麼境界，總之是閉門造車，自

己寫自以為好的東西。「封閉」式的寫作活動不會使人進步，那麼，如何才可以進步呢？作者要在寫作的同時，張開你的眼睛，大量閱讀經典作品，你才會知道可以怎樣超越前人，又如何可以在寫作路上找到自己應站、可站的位置。以設喻為例，就是要求喻體要創新，能發前人之所未發。

喻體的創新就是要盡量不蹈襲前人的講法。比如說「讀書像是在知識的海洋中暢泳」，「知識的海洋」和「暢泳」算是老掉牙的喻體了——前人不是已有「學海無涯」的講法嗎？這個比喻當然欠缺新意，也顯不出作者想像的獨特性。張潮在《幽夢影》中倒有關於讀書的妙喻，他說：

> 少年讀書如隙中窺月，中年讀書如庭中望月，老年讀書如臺上玩月，皆因學歷之淺深所得之有淺深耳。

這細緻而具個性的比喻，讀者一讀就感到新鮮。「隙中窺月」喻井蛙之見，「庭中望月」喻學有進境而眼界開闊，「臺上玩月」則比喻心領意會的讀書境界；想像如此方見心思。

又如李白說「少時不識月，呼作白玉盤」，想像天真而帶稚氣；朱元璋說「天邊彎月是釣鉤，秤我江山有幾

多」，想像奇特而帶點皇圖霸氣；而鍾曉陽竟説「月亮像一根眼睫毛」，想像別致又特具詩意：

> 月圓月缺對我是沒關係的，我喜歡月牙兒，楚楚動人，一彎如唇，一葉似小舟，再細一點則像眼睫毛，西施跟范蠡夜闌私語時不小心落下的，好心疼，四下找呀找不到，一回頭，它正在天邊笑嘻嘻呢！

由眼睫毛想到是「西施跟范蠡夜闌私語時不小心落下的」，那是更進一步推展聯想了。寫同一個本體（月），由於個人的性格、思想、學養、年齡的不同，可以、也應該有不同的想像結果。

香港詩人鍾偉民在《狼的8種表情》中也提及比喻創新的問題。他提出一個很有趣的「創新」方法，十分管用：我們在寫作時，要為每一個本體構思多個喻體，再採用最後一個喻體寫入文章。這方法初看感到奇怪，為甚麼要為每一個本體構思多個喻體呢？想深一層其實非常合理。因為人在思考上總有「惰性」，在構思中最先出現的多是陳舊的經驗或意象。要求為每一個本體構思多個喻體，那是要「逼」自己為本體作深刻的思考，從而達到「創新」的目的。

從消極方面來講，要想像新穎，就要避免陳腔濫

調、成詞套語的影響。我們在日常生活中常會用上「熟語」，那是為了在溝通上的方便，但在文學作品中不恰當地濫用熟語，則會令作品欠缺新意；特別在想像的層面，更要常常警惕自己要盡量避免濫用或過分倚賴熟語。成語是「熟語」的一種，在表達上固然有其好處，但在文學創作中，表意時過分倚賴成語，所謂百人一面、千口一腔，又如何可以帶出新意呢？例如「垂涎三尺」、「水洩不通」、「一日不見如隔三秋」和「怒髮衝冠」等成語，都是超現實的誇張想像；又如「筆歌墨舞」、「山呼海笑」等成語都含移情的比擬想像；復如「貌美如花」、「光陰似箭」、「日月如梭」、「心如止水」、「如釋重負」等成語都有相似的比喻想像。寫作時如果只採用這些熟語，就等如用現成的、即食的、前人的想像成果，這樣不單不能創新，更予讀者陳濫的感覺。

2. 發展想像——持續發展

一個高素質的想像成果，必定具有「發展的潛質」；意思是：想像成果內涵豐富，足以發展、鋪衍、引發相關的聯想。作者想像的理由和過程，可以視為「發展」的一部分。讀者不單要知道作者的想像成果，更希望知道想像成果的相關發展。作者就一個高素質、高濃度的想像成果作進一步的延伸或發展，文章內容就更充實，同

時也不會浪費了苦心經營所得的想像成果。

為比喻提供喻解是最起碼而又常見的「發展」。鄭鏡明有一首情詩，寫得非常動人，詩中有「如你是亭台，我是樓閣」之喻，寫得固然典雅而具詩意，但為甚麼「你是亭台」的話我就要「是樓閣」呢？當中就要有恰當的「喻解」，這個想像成果才會成熟。詩人接着說「生生世世，永成風景」，比喻發展到這裏才到達高潮。

比喻高手張愛玲在運用比喻時，多會就喻體作進深的發展或盡情的伸延。如她在〈傾城之戀〉中寫范柳原說白流蘇像一個瓶；「瓶」這個想像成果表面上講「外形」的相似，其實不然。「瓶」在張愛玲筆下還有發展：藥瓶；再作進一步的發展：白流蘇是醫治范柳原的「藥」。原文是借范柳原的話作交代的：「你穿著像瓶子！是藥瓶……而你就是瓶裏的藥，醫我的藥。」張愛玲這樣寫，就具體地把范、白二人的戀情清楚表達出來。〈傾城之戀〉中另有一節精彩的想像，發展得非常有深度：

> ……食堂裏大開着玻璃門，門前堆着沙袋，英國兵就在那裏架起了大炮往外打。海灣裏軍艦摸準了炮彈的來源，少不得也一一還敬。隔着棕櫚樹與噴水池子，子彈穿梭般來往。柳原與流蘇跟着大家一同把背貼在大廳的牆上。那幽暗的背

景便像古老的波斯地毯，織出各色人物，爵爺、公主、才子、佳人。毯子被掛在竹子竿上，迎着風撲打上面的灰塵，拍拍打着，下勁打，打得上面的人走投無路。

作者把「幽暗的背景」想像成一張繪滿爵爺、公主、才子、佳人的古老波斯地毯，然後是進一步由「地毯」發展到「掛在竹子竿上，迎着風撲打上面的灰塵」，結論是「拍拍打着，下勁打，打得上面的人走投無路」。這想像結合小説故事的戰爭情節，所有爵爺、公主、才子、佳人在戰爭中，都像地毯上的人物圖案一樣：拍拍打着，下勁打，打得上面的人走投無路。

《琵琶記》第二十一齣寫趙五娘因丈夫入贅相府不歸，家貧而公婆無人奉養，五娘只好春米讓公婆吃米飯，自己則吃春米剩下來的糟糠（米穀皮），五娘吃糠時就很感慨地以「米」、「糠」作比喻：

糠和米，本是相依倚，被簸揚作兩處飛。一賤與一貴，好似奴家與夫婿，終無見期。丈夫，你便是米呵，米在他方沒尋處。奴家恰便似糠呵，怎的把糠來救得人饑餒？好似兒夫出去，怎的教奴，供膳得公婆甘旨？……思量我生無益，死又值甚的！不如忍饑死了為怨鬼。只一件，公

婆老年紀，靠奴家相依倚，只得苟活片時。片時
苟活雖容易，到底日久也難相聚。讓把糠來相
比，這糠呵，尚兀自有人吃，奴家的骨頭，知他
埋在何處？

作者高則誠把這段曲詞寫得一字一淚，而且文采斐然，
想像新穎而有層層進深的發展。作者抓住了「米」這個喻
體聯想開去，因為「糠和米，本是相依倚」，所以衍生作
「米」和「糠」兩個想像成果。下文就繼續發展「米」和「糠」
這兩個喻體，越寫越深，越寫越貼切，從層次而言，最
少有十一層的轉折進深發展：

	米	糠
第 1 層發展	糠和米本是相依倚	糠和米本是相依倚
第 2 層發展	被簸揚作兩處飛	被簸揚作兩處飛
第 3 層發展	貴	賤
第 4 層發展	丈夫	趙五娘
第 5 層發展	在他方沒尋處	怎的把糠來救得人饑餒。 （吃不飽）
第 6 層發展	好似兒夫出去	怎的教奴，供膳得公婆甘旨。 （不敢給公婆吃糠）
第 7 層發展	公婆	趙五娘
第 8 層發展	靠奴家相依倚	靠奴家相依倚

第9層發展	公婆	到底日久也難相聚 (呼應前文「被簸揚作兩處飛」)
第10層發展	公婆與丈夫	尚兀自有人吃 (五娘吃糠)
第11層發展	公婆與丈夫	奴家的骨頭,知他埋在何處? (死無歸着處,五娘比糠還賤)

在這裏,我們可以欣賞到一個表面簡單但素質和密度都極高的想像成果,也清楚看到作者如何把這成果發揮到盡致的地步;這是作者苦心經營的結果。

余光中的〈食客之歌〉由「菜單」聯想開去的,同樣有很好的「發展」和「伸延」:

如果菜單

夢幻

像詩歌

■

那麼賬單

清醒

像散文

■

而小費呢

吞嗇

像稿費

■

食物中毒

嘔吧

像批評

作者在詩的後記交代了成詩的過程，不但有趣，而且對賞析這首詩很有幫助：

> 愁予得獎宴客，對菜單選精美菜肴。菜單分行橫排，名目繽紛而華美，愁予歎曰：「菜單如詩歌！」我應聲曰：「賬單如散文！」眾客失笑。回家後續成此詩。

宴席上的一句「戲言」，經詩人想像加工、發展，就成為一首趣味盎然的好詩。宴席上：「菜單如詩歌」、「賬單如散文」是想像，詩人「回家後續成此詩」就是在原有的想像成果上再作發展。在網絡上讀到〈男女關係的33個妙喻〉，當中有一個比喻確甚「妙」：

> 大齡未婚男女像是坐巴士坐過了站。有時是因為巴士上的座位太舒適了，簡直不願下車；有

時是因為不認識自己該下的月臺。終身不結婚的
男女呢？他們是巴士司機。

像這樣由「乘車」聯想而派生開去的想像成果，環環相
扣，喻象與喻象之間又有密切的關係，很有發展的「潛
質」。比如我們可以在上述的想像成果上再想：看到有人
歡天喜地下車，且不要恭喜他，因為他很可能是錯站下
車。

三、反璞歸真

上文旨在說明想像在創作中的作用和效果，但並非
說在作品中運用了想像就一定是好作品。事實上，好的
作品可以沒有想像成分的。有些作家善於使用客觀冷靜
的筆觸把人物和事物描敘出來，工夫在於取捨和刻畫。
作者功力夠，又或者出於個人風格，不加想像也可以寫
出動人的作品。如日本著名作家芥川龍之介，他的〈大紅
橘子〉有如下的片段：

> 幾分鐘之後，忽然我像感受到甚麼威脅，不
> 期然地抬頭一看，不知何時那小姑娘已把座位從
> 對面移到了我的旁邊，不斷努力去打開窗子。但
> 是沉重的玻璃窗卻好像很難打開，那滿是裂痕的
> 臉愈來愈紅，時時有吸鼻涕的聲音，和微細的呼

嚕聲，傳入我的耳裏。不用説這多少可以引起我一點同情。暮色之中山坡上只有枯草，兩側的山坡逼近到窗邊來，由這一點可以知道，火車是將要進隧道口了，而那小姑娘偏偏要把關得好好的窗打開，我完全不能理解她的理由。我覺得那只是鄉下姑娘的任性。所以我心中懷着不平，以冷酷的眼睛望着她長凍瘡的手與玻璃窗苦戰，心中祈禱她永遠不能成功。

他寫火車上的小姑娘，純用白描，雖不見豐富的文藝想像，而女孩子的形象一樣鮮活。作者利用個人的特強觀察力，再用準確的字詞交代所見所感，效果也相當不俗。又如陳思和在〈上海的舊居〉中有以下的一段動人文字：

> 外祖父是個舊學底子很好的老人，為了哄我吃飯，他蒐集了一套畫着《水滸》人物的舊香煙牌子，一張張貼在窗下的牆壁上，每天餵飯的時候，就把我放在窗下，指着牆上的人物興致勃勃地講故事，説到高興處，就用調羹盛着飯菜，一邊往我嘴裏送，一邊高聲大叫：「快看！黑旋風李逵來了！阿嗚！」於是我就緊張地張開嘴把李逵吞下去。等到我將梁山泊英雄好漢全部吞下肚裏，他老人家的任務也完成了。

這節文字生動而很能引起讀者共鳴，作者要講的是祖孫間的深厚感情，特別要刻畫外祖父的慈祥與溫柔。只是作者把文意都含蓄地隱在餵飯的回憶片段中，間接地借回憶片段抒情。讀者讀到的既是可見的「事」，當中也有可感的「情」。作者筆法老練到位，全段文字不見比喻、比擬，然效果一樣出色動人。

第 6 章

精益求精
──從經典作品學習修改能力

寫作，最忌迷信「一揮而就」。

一動筆就能寫成的，只是文章的初稿而已；由「初稿」到「作品」之間，還有好一段長距離。清代詩人袁枚在〈遣興〉中道出了認真作家的心聲，他說：

> 愛好由來落筆難，一詩千改始心安。
>
> 阿婆還是初笄女，頭未梳成不許看。

大凡優秀的作品，都要經過修改。袁枚的創作經驗豐富，他的創作心得是「一詩千改」。「千」字固然有點誇張，但卻可以充分表現寫作態度認真的作者對作品的要求。「一詩千改」未嘗不可以解讀為「一詩多改」。作品，無論是詩是文，經多次修改後，初稿中大意的錯誤肯定可以減少，而寫得未夠好的地方也可以在修改中給改得更盡善盡美。都說「愛美是人的天性」，袁枚在詩中抓住人所共有的「愛美」心態：老人家（阿婆）的愛美心態始

終不變，都跟妙齡少女（初笄女）一樣，妝容未修整好絕不見人。作者的寫作經驗豐富與否，都不應該以草草未工的初稿示人，而應珍惜、看重自己的作品。作品在公開發表前務必好好修改、整理，以使作品能以最佳最好的一面展示在讀者面前。

作者沒有認真修改作品的習慣，說到底就是草率、馬虎。因此，與其說修改文章是作者「程度」的問題，倒不如說是作者「態度」的問題。只有作者態度認真，才會「自律」地多番修改自己的作品。大家熟悉的名作都是「改」出來的，如曹雪芹「披閱十載，增刪五次」的《紅樓夢》，還有錢鍾書的《圍城》、托爾斯泰的《復活》、海明威的《老人與海》，以及金庸十多部武俠小說。當然，作者有時候受制於客觀條件，未必一定可以做到「千改」或「多改」；比如限時的作文考試就不容許「頭未梳成不許看」──時間到一定要交卷──考生只能好好掌握、分配有限的作答時間。

一、「修改文章」的兩個目的

作者應先了解「修改文章」的兩個主要目的，目的清楚，修改才不至於茫無頭緒。「修改文章」之目的，其一與「消極修改」有關，其二與「積極修改」有關。

1. 消極修改──改正

「消極」一詞是與「積極」相對應的概念。與文章有關的「消極修改」，主要包括那些與客觀錯誤有關的修改。文章中某些錯誤既屬「客觀」，那是一定要修改的，不改，就是「錯」。我們把這種修改行為歸類為「消極修改」，修改目的是「改正」。

作者不要輕易地就把字詞句的「客觀錯誤」看成是「創新」。「創新」目的是營造藝術效果，而不是為「客觀錯誤」找開脫的「藉口」。余光中在〈中文的常態與變態〉中就提出過以下意見：

> 頗有前衛作家不以杞人之憂為然，認為堅持中文的常規，會妨礙作家的創新。這句話我十分同情，因為我也是「過來人」了。「語法豈為我輩而設哉！」詩人本有越界的自由。我在本文強調中文的生態，原為一般寫作說法，無意規範文學的創作。前衛作家大可放心去追逐繆思，不用礙手礙腳，作語法之奴。
>
> 不過有一點不可不知。中文發展了好幾千年，從清通到高妙，自有千錘百錬的一套常態。誰要是不知常態為何物而貿然自詡為求變，其結果也許只是獻拙，而非生巧。變化之妙，要有常

態襯托才顯得出來。一旦常態不存，餘下的只是亂，不是變了。

余光中這番見解合情合理，對有志於文學創作的人來說，是很值得細味的。要求字詞準確正確並非「執着」，要求句子符合語法也絕非窒礙創意。

文章中哪些錯誤屬於「客觀」的呢？比如在用字上出現錯別字、在搭配上用詞不當、在語法上成分殘缺，都是常見的「客觀錯誤」，都需要一一修改。

錯別字

2000年北京中國人事出版社出版的《大報大刊名家名作錯別字例析》是一部頗有趣的書，此書作者劉配書搜羅了不少常見錯別字，而這批「錯例」的出處是「大報」、「大刊」、「名家」及「名作」，足見寫錯別字是寫作中的「老大難」問題，實在需要認真面對，用心處理。寫錯別字令讀者感到「費解」固然不好，若寫錯別字令讀者產生「誤解」則影響更大。比如作者大意把西漢旅行家、外交家、探險家「張騫」誤寫作「張塞」或「張賽」讀者固然不知所指，但若把「張騫」誤寫作清末民初的「狀元商人」「張謇」則會引起極大的誤會。

搭配不當

由選詞到造句，作者須好好掌握詞語與詞語的合理搭配關係，因為在組合搭配中，「詞」表現了本身的意義，也同時制約了相關詞的意義。作者下筆草率大意而又不主動檢查修改，就容易出現以下常見的搭配毛病：主語謂語搭配不當、動詞賓語搭配不當、主語賓語搭配不當、修飾語跟中心詞搭配不當。

成分殘缺

完整的句子一般包括主語、謂語和賓語這三個基本成分，句子若缺少應有的「成分」，就是「病句」。成分殘缺往往導致句意不清或文意混亂等問題，為讀者在閱讀或理解上造成障礙。

2. 積極修改 —— 改善

與文章有關的「積極修改」，主要是指作者運用不同手段或方法，把文稿修改成「更好」的作品。由於這種修改行為與字詞句段的「錯誤」無關，因此歸類為「積極修改」，修改目的是「改善」。

「積極修改」，一般包括對作品內容作增刪、取捨或改寫，而目的是要令作品在表達上或效果上更臻美善。增刪、取捨或改寫，都可以應用或反映在作品的字、

詞、句、段之上。作家鍊字造句，往往煞費苦心。作品中一字一句，看似順手拈來，其實作者在創作過程中所遇到的困難、所花的心思，往往「不足為外人道」。讀者看到的大都是經作者敲定的「成品」或「定稿」。因此，單看「成品」或「定稿」，讀者無由得知作者在創作過程中種種取捨與增刪的考量。為方便表述，姑且把這些「創作過程中種種取捨與增刪的考量」稱為「修訂信息」。這些「修訂信息」可以提升我們的鑑賞能力及創作能力，在學習寫作上別具參考價值。

當代小說家蘇童說：「我的作品都是『改』出來的。」小說如此，其他文類又何獨不然？杜甫「新詩改罷自長吟」，白居易「舊句時時改」，袁枚「一詩千改始心安」；在漫長的創作過程中，作者對作品的修訂，不知凡幾，成品都是經過千錘百鍊的。謝榛《四溟詩話》卷二說「詩不厭改，貴乎精也」，強調的也是一個「改」字。只是，作者到底「改」了些甚麼？這就涉及上文提及的「修訂信息」，這些信息在「成品」或「定稿」中往往不予保留。「成品」或「定稿」是繡罷了的鴛鴦，任憑君看，至於金針法門，卻不留痕跡。郭紹虞在《學文示例》中提出「閱修正之例，易悟錘鍊之方」的觀點。讀者能對比作品的初稿和修改本的異同，才容易從中領略「錘鍊之方」。以下為讀者舉幾個「積極修改」的成功個案。

一字師

陶岳《五代史補》卷三有一則「一字師」的故事，這故事跟「修改」有關，十分有趣：

> 齊己，長沙人，……時鄭谷在袁州，齊己因攜所為詩往謁焉。有〈早梅詩〉曰：「前村深雪裏，昨夜數枝開。」谷笑謂曰：「數枝非早，不若一枝則佳。」齊己矍然，不覺兼三衣叩地膜拜。自是士林以谷為齊己一字師。

齊己的〈早梅詩〉有「昨夜數枝開」之句，鄭谷建議修改為「昨夜一枝開」，這個修改不是因為原作中「數」字用錯，而是因為梅開數枝的話，則未能有效呼應詩題中的「早」字：寒冬裏早發的梅花不多，改「數枝」為「一枝」不涉對錯但詩意更具體也更切題。齊己、鄭谷都是詩人，修改作品的心思「英雄所見略同」，可見「積極修改」雖然不強調要滿足某些「客觀標準」，但也並非完全出於個人主觀喜好的。

常「綠」詩人

王安石名篇〈泊船瓜洲〉經多次修改，在用字下語也花了不少心思。詩作是這樣的：

> 京口瓜洲一水間，鍾山只隔數重山。
> 春風又綠江南岸，明月何時照我還。

不少讀者都說王安石這首絕句寫得新穎別致，鍊字鍊句妥貼自然。按宋朝人洪邁的《容齋續筆》卷八記王安石〈泊船瓜洲〉的改字情況為：

> 吳中士人家藏其草（王安石〈泊船瓜洲〉的草稿）。初云「又到江南岸」。圈去「到」字，注曰「不好」。改為「過」，復圈去而改為「入」。旋改為「滿」。凡如是十許字，始定為「綠」。

詩的第三句第四字原用到、過、入、滿，依語法詞性而言，都是動詞，是用「對」了，但詩人覺得「不夠好」，那是因為上述各字都只是「對」而不夠精練，含意未夠豐富。詩人最後定稿作作「綠」，在語法詞性的標準上講，「綠」字是色彩詞，放在動詞位置是運用了修辭中「轉品」的手法硬把「綠」字改為動詞，但這一轉變，就令整句詩的含意豐富了。

代表春天的顏色是綠色，詩人就用可見的「綠」去寫抽象的春天氣息，詩句的意思不單說「春風又吹到江南岸」，而是更立體生動地表達出「春風又把春天的氣息和生氣帶到江南岸」。你看一字之不同，詩句的整體效果就有很大的分別。

半世紀後的修改

又例如香港著名作家劉以鬯，他寫作態度向來認

真，1939年他創作的小說〈七里壟高地的風雨〉在半世紀後重輯入劉氏個人選集時除了易名為〈七里壟的風雨〉外，作者還用心修訂了小說的內容，務求精益求精——完全符合「積極修改」的原則。如：

> 初刊稿：火裏，有爹娘，有孩子，有勤儉的老婆，有沒有理智的畜生們。

> 修訂稿：火裏，有年邁的爹娘，有正在牙牙學語的孩子，有勤奮的妻子，有家畜。

作者在修訂時為「爹娘」增補了「年邁的」，為「孩子」增補了「正在牙牙學語的」；如此一來，小說中各人物的年紀就交代得較為清楚。而火海中除了家畜外，是老人家、是兒童；老人或稚子給活活燒死，更能營造出殘酷的氣氛，更能引起讀者的關注以及惻隱心。至於把「沒有理智的畜生們」直接改為「家畜」，明顯是把初稿中的蛇足敘述刪掉，也同時免除了句子產生歧義可能——「沒有理智的畜生們」讀者可能誤以為是罵人的話。以上各項改動雖不涉對錯，但修改後的版本無論是表達或節奏，效果都比初稿要好。

金庸的心思

又如金庸的《天龍八部》，小說中阿朱的金鎖片上有

刻字，早期版本刻字是：「詩兒滿十歲，越來越頑皮。」在新版修訂中，金鎖片上的字給修改為：「天上星，亮晶晶。永燦爛，長安寧。」古人在金屬用品上銘刻文字，主題一般與紀念、紀功、祝福或預識有關，行文風格大都傾向莊重、規範或典雅。早期版本阿朱的金鎖片上鐫刻「詩兒滿十歲，越來越頑皮」措詞未免過於活潑。修訂版不止措詞典雅得多，而以「三言四句」的韻語代替舊句，與漢鏡鏡銘「常相思，毋相忘。常貴富，樂未央」在遣詞風格上十分相近；凡此足見金庸在「積極修改」上的細密心思。

二、「修改作品」的「三字訣」

作者修改自己的作品，首要具備最起碼的語文知識。

說作者要「具備最起碼的語文知識」似乎有點奇怪，可不是嗎？作者若未能「具備最起碼的語文知識」，試問又怎能寫作？但據個人觀察所得，有些作者對用字、語法等基本而重要的標準似懂非懂，遣詞下筆往往只純憑「主觀感覺」，至於該用哪個字、該配哪個詞、該用哪種句式，都沒有明確和深入的了解，更遑論發現錯誤，更談不上具有修改作品或改善作品的能力。

回到問題的「原點」，作者起碼要懂得運用字典或詞典等工具書，其次是要對語法有基本、明確的認識。

這樣一來，不少關乎作品字詞句的問題，都可以一一解決。

陳幸蕙為余光中做過一次專訪，談的正是修改作品的問題，內容極具參考價值，最難得由作家現身說法，種種信息就更具說服力。以下先節錄余光中談「修改作品」的幾個重點：

> ……長詩固不必說，短詩也是改來改去。因為人寫詩時常有一種創造傑作的幻覺、興奮，寫出來卻可能不怎麼樣。可是無論怎麼困難，我初稿總是把它先寫完，擺在那裏，看不順眼就不看，過一個禮拜、一個月再拿出來，哦，原來毛病在這裏，把它改一改，這一改就活過來了！有時候要改好幾次，總之，詩我是一定要改的，改來改去，會把一首爛詩救好。

> 現在我對修改有一個看法，就是甚麼叫修改呢？你寫了一篇作品第二天要改，可是第二天的你還是第一天的你，你憑甚麼能改呢？所以這時候你就要聚精會神，高度集中，把自己提升得比昨天更高明，你要變成一個更高明的你，才能回過頭來改比較不高明的你……。

（以上文字節錄自 2013 年 5 月 15 日「上海教育新聞

網──東方教育時報」，原文題目是「著名詩人、臺灣現代文壇祭酒余光中談創作與人生」。）

由以上內容我們可以歸納出「修改作品」的「三字訣」，那三個關鍵字就是：「冷」、「多」、「高」。

1. 冷──頭腦冷靜

「過一個禮拜、一個月再拿出來，哦，原來毛病在這裏……。」

修改作品的前提是要發現問題，要能發現問題，前提是要有冷靜的頭腦。

余光中在專訪中說「寫詩時常有一種創造傑作的幻覺、興奮」，相信有創作經驗的朋友都一定認同。「文章是自己的好」，不獨寫詩，其實任何文學創作，都是作者抒發個人情感的活動，過程中少不免易生「唯我獨尊」、「捨我其誰」的錯覺。創作時產生的快感和成功感，兼而有之；過程是極其愉快愜意的。試想，千百年來古今中外為何始終有人從事文學創作？相信與「創造傑作的幻覺、興奮」有密切關係。但「創造傑作的幻覺、興奮」卻同時衝昏作者的頭腦，總以為自己作品是最好的。余光中如何令自己在熱熾的愉悅情緒中降溫呢？他的做法是「過一個禮拜、一個月再拿出來」，這就是「冷改」。

　　「冷改」是相對於「熱改」而言。「熱改」好處在於作者對剛完成的作品印象深刻，句段的前呼後應都記得清清楚楚，修改起來自然得心應手。但由於「熱情」未冷，作品中好些問題就容易忽略，因此把作品擱一段時間再行「冷改」，作者對作品的印象雖然模糊些，但也正因如此，才容易發揮「冷靜」、「抽離」或「客觀」的好處。好些在「熱改」時忽略的問題，往往在「冷改」中可以一一發現並加以修訂。明末清初文學家李漁在《閒情偶寄》卷三也曾提出與「冷改」相同的看法：

> 　　文章出自己手無一非佳，詩賦論其初成無語不妙，迨易日經時之後，取而觀之，則妍媸好醜之間，非特人能辨別，我亦自解雌黃矣。

這讓我想起《過庭錄》有一則故事，也跟「冷改」有關：

> 　　韓魏公在相，曾乞〈晝錦堂記〉於歐公，云：「仕宦至將相，富貴歸故鄉。」韓公得之愛賞。後數日，歐復遣介別以本至，云前有未是可換此本。韓再三玩之，無異前者，但於「仕宦」、「富貴」下各添一「而」字，文義尤暢。

歐陽修不愧名家，給韓琦寫的〈晝錦堂記〉一點都不馬虎。這篇〈晝錦堂記〉連當事人韓琦都十分滿意，作者歐

陽修卻在「後數日」提供另一個修訂版本。這個修訂版本雖然只是把「仕宦至將相，富貴歸故鄉」改成「仕宦而至將相，富貴而歸故鄉」；但一字之微，不單把句子的語氣改得更為流暢，連句子中的因果承接連繫都因加了一個「而」字而表達得更清楚。這段故事重點在「後數日」，正是作者在冷靜後發現作品尚有可以改善之處。

2. 多──次數要多

「有時候要改好幾次……。」

文學作品跟雕刻、書法、繪畫等藝術品不盡相同，起碼雕刻、書法、繪畫的成品就不容許多次修改。與其說文學作品「容許修改」，不如說文學作品的本質本來就包含「修改」。「修改」是文學作品「生成」過程中的必然環節，文學作品中每一項「修改」或「調節」，都是作者的心思。明代思想家、文學家、書法家陳獻章曾在〈與胡僉事提學〉的信函中說：

> 凡文字不厭改，患改之不多耳，惟改方能到妙處。

方東樹《昭昧詹言》也說：

> 古人詩不厭改，所以有「日鍛月鍊」之語。

「不厭」與多次修改有關。作品如果只改一兩次作者就自感滿足，更好更精的作品就不可能出現。雖然我們還不能為每個作品都提供一個客觀的修改次數，但大原則是改兩次肯定比改一次好，改三次又肯定比改兩次好……。能掌握大原則，作者就視乎客觀條件而做決定：時間充裕的話，應盡可能多改幾次。

修改既然有「多次」機會，就不妨在每次修改中訂定不同的修改目標。修改目標不外是「改正」和「改善」。

「改正」就是修改作品中字詞句的毛病，包括改正錯別字、改正不當用語、訂正病句。其餘衍文（多出來的字句）、漏字也可一併處理；起碼做到「不求有功，但求無過」。以上的「改正」工作若細心進行，三四次修改儘可完成。為求「改正」工作更有效率，建議採用「朗讀法」。採用「朗讀法」除了容易發現作品中的衍文漏字外，還能幫助我們發現病句：反覆朗讀作品，讓語感產生作用，讀到不通順的地方往往由於語法上有毛病；停下來細心加以分析，當能一一改正過來。當然，如果作者真的忽略了作品中好些關乎錯別字、用語不當、病句、衍文、漏字等問題，作品在發表前也往往有編輯或校對幫忙把關；但關乎「改善」的項目，就必須由作者親自處理才行。

「改善」作品是以「優化」作品為目標，字詞句段篇以及結構、敘述角度，都在考慮之列，凡發現「不夠好」或

「未盡善美」的地方，就要想方設法增刪改寫，務要令作品在修改後「脫胎換骨，更上層樓」。這些「改善」工作次數越多越好，尤其篇幅宏大的作品如長篇小說，若不經多次修改，絕不可能有令人滿意的「定稿」。

3. 高──要求要高

「你要變成一個更高明的你，才能回過頭來改比較不高明的你。」

　　「你要變成一個更高明的你」，這個話有兩重意思。第一重意思是「客觀」，第二重意思是「要求高」。

客觀

　　據余光中的說法，修改作品時要變換身分角色──變成另一個你。意思是，在修改作品過程中，作者要抽離變成讀者或批評者，這其實就是強調以「客觀」的角度審視作品。修改作品若仍處處站在作者的立場，「好惡亂其中」，一定看不出問題。只有變換身分角色，從讀者的角度審視作品，才容易找出不妥當、不夠好的地方，從而一一修改。作品初步完成了，第一個讀者不是別人，而正正是作者本人。作品是寫給讀者看的，作者應該了解、重視讀者的角度，尤其一些有特定閱讀對象的作品，就更應「易地而處」。比如寫一篇童話，讀者對象既

已知是兒童，則在修改時就要站在兒童的角度看：用字措詞會否太深？情節是否有趣？作者對讀者要「知己知彼」，所以除了作者變換身分角色外，條件許可的話也可以諮詢真正的讀者，收集修改建議。《冷齋夜話》卷二記載了唐代大詩人白居易向讀者諮詢意見的軼事：

> 白樂天每作詩，令一老嫗解之，問曰解否，嫗曰解則錄之，不解則易之；故唐末之詩近於鄙俚。

白居易要求自己的作品要平易通俗，因此每寫好詩稿，便先找一老婦人讀一遍，若老婦能明白詩意則收錄，否則便再修改。

要求高

修改作品時，角色身分既要由作者變換成讀者，更要進一步變成一個「更高明」的讀者。余光中說的「更高明」，是有水平、有要求的意思。試想，一個沒水平又沒要求的讀者，又怎能為作品提供修改意見呢？作者在修改過程中要求越高，作品越能逼近完美。這一點，就回歸到本書的起點：要做一個成功的作家，前提是先要做一個成功的讀者。「作者」是「當局者」，「讀者」是「旁觀者」；旁觀者清，這道理明白得很。

前人對修改作品的要求極高，清代梁章鉅編的《退庵隨筆》第十九卷就記載了歐陽修和朱梅崖的軼事：

> 百工治器必幾經轉換而後器成，我輩作文亦必幾經刪潤而後文成，其理一也。……（歐陽修）作〈醉翁亭記〉，原稿起處有數十字，黏之臥內，到後來只得「環滁皆山也」五字，其平生為文都是如此，甚至有不存原稿一字者。近聞吾鄉朱梅崖先生，每一文成，必黏稿於壁，逐日熟視，輒去十餘字，旬日以後，至萬無可去而後脫稿示人。此皆後學所當取法也。

歐陽修的名作〈醉翁亭記〉起筆原稿是「數十字」，但定稿卻只刪剩「環滁皆山也」五字。朱梅崖把初稿貼在牆上，天天看，發現有多餘的字句就刪掉，直到認為刪無可刪，才發表定稿。兩位前賢在作品修改這回事上都「嚴以律己」，而且都以「精簡」為原則。還有更嚴格的，如宋代詩人楊萬里，他在《江湖集》的序文中說：「予少作有詩千餘篇，至紹興壬午七月皆焚之，大概江西體也。」詩人不滿自己早期仿效江西體的作品，在三十六歲時決定把這批作品付諸一炬：而給詩人送進火堆的作品，數量竟有「千餘篇」之多。

魯迅在創作上也可算得上是「嚴以律己」的，他本人

極其重視的〈藤野先生〉，一篇三千餘字的散文就修改了八九十處。《魯迅手稿選集》收錄了〈藤野先生〉的初稿，初稿上保留了極多修改信息，在在可以證明魯迅對修改作品有極高的要求。以下為大家舉幾個例子，透過對比看看魯迅的修改功力：

> 初稿：在我一生之中認為我師的之中……。
> 定稿：在我所認為我師的之中……。

定稿把初稿的「一生之中」刪掉，不止是出於「精簡」的要求，而更重要的是句意更符合事實。按「一生之中」是總結用語，一個人尚未死的話，原則上不應用「一生之中」，因為「一生」尚未完結。又如：

> 初稿：從此就看見許多新的先生，聽到許多新的講義。
> 定稿：從此就看見許多陌生的先生，聽到許多新鮮的講義。

單看初稿，句意還是清楚的，但若同時看看定稿，一比較之下，就會發覺定稿在措詞上確比初稿「更」清楚。初稿中的「新先生」、「新講義」，意思可能是「新到校的先生」、「新撰寫的講義」，但事實上，新到校的是作者（魯迅）。定稿改為「陌生的先生」、「新鮮的講義」，就較有效

地改由作者的感受出發：「陌生」和「新鮮」都是作者個人的主觀的感受。又如：

> 初稿：（藤野先生）一將書放在講臺上，便向學生
> 　　　介紹自己道⋯⋯。
>
> 定稿：（藤野先生）一將書放在講臺上，便用了緩
> 　　　慢而很有頓挫的聲調，向學生介紹自己道
> 　　　⋯⋯。

初稿提供的信息較單薄，「向學生介紹自己」只交代了藤野先生「做了甚麼」。定稿提供的信息明顯豐富得多，「用了緩慢而很有頓挫的聲調」補充了藤野先生的說話節奏（緩慢）和發音變化（頓挫）等信息，在初稿交代「做了甚麼」的基礎上，同時回應了「怎樣」的問題。

結語

香港散文名家董橋在〈寒夜聽雨亂讀書〉中説：

> 文章似也如此，可以學，不能教。天天讀佳作數篇，日久意會，下筆自然可觀。

要做一個成功的作家，前提是先要做一個成功的讀者。成功的讀者首要喜歡閱讀，其次是要有鑑賞作品的能力。只有喜歡閱讀的人，才會持恒地閱讀；多讀不同類的作品，得益自然會多。只有具鑑賞作品能力的人，才知道甚麼是高水平的作品，也知道作品的好處在哪裏。

成功的讀者可以是出色的文學評論家，也可以是出色的作家。劉勰在《文心雕龍》〈知音〉裏就提出過「操千曲而後曉聲，觀千劍而後識器」的名言。「操千曲」是實踐練習，「觀千劍」是鑑賞分析。要從事寫作，必須要有長期的實踐練習，同時也要對作品多作鑑賞分析。但如

果所「觀」的「千劍」都是平凡鈍劍，再觀萬劍億劍也是徒然。能遍觀干將、莫邪、純鈎或巨闕等寶劍的話，則眼界自然進步，品味也會有所提升。

現在是高唱創意創新的年代，講創意求創新也許不一定要跟「經典」割席。取法於經典名篇，在當中汲取養分，再加上長期的實踐，作品的水平反而容易提高。若只靠一點才氣，寫得一篇卻未必能應付第二篇，最終是無以為繼，創作生命很快就會完結。所以說：要創造經典就先要認識經典。

既講經典，那麼，哪些是經典？又哪些不是經典？本書所引用的大部分名家名作，都可視為經典。至於引用《史記》而不引用《春秋》；引用柳宗元的作品不引用蘇洵的作品；引余光中的詩而不引用北島的詩……，那是在採例取樣時一定會遇上的「取」和「捨」，卻未必涉及經典與否的判斷。此外，我在書中盡可能以不同年代的經典作品為例，「古典」例子似乎不少，但在概念上，「經典」絕不等同「古典」。

後記

　　重印本書，由本來的微調「修訂」變成大幅「增訂」，有點意外。

　　近十年來，個人的公餘時間和精力都集中在文學材料的編訂工作上，修訂舊作往往無暇顧及，更遑論增訂、擴寫。但《規矩與方圓》既與我的文學創作專業有關，又與我的中文教學專業相干，身為作者確有責任在讀者面前展示它更好的一面。

　　我趁着學期完結的空檔，為書的主體內容加寫了近萬字。新寫的內容雖然都集中在卷末，無論是結構上或脈絡上，對前面的部分都「牽連」不大；但出版社既認真亦看重這番「增訂」心思，最終決定把增訂版書稿當作新書書稿來處理；由內文排版以至封面設計，都重新做過。衷心感謝出版社的重視、信任和支持，令《規矩與方圓》有了新的面貌、新的生命。

　　楊絳先生幽默，給一位太多抱怨的讀者回信：「你的

問題主要在於讀書不多而想得太多。」這句精警妙語其實
脫胎自《論語》的「思而不學則殆」。楊先生因方借巧,把
「思」換成「想」,把「學」換成「讀書」;又為程度描述補
上對比鮮明的「不多」和「太多」。楊先生在一「讀」與一
「寫」之間,令經典名句有了新的面貌、新的生命。如此
輕描淡寫借古說今,看似尋常,卻是舉重若輕。

2021 年 7 月

責任編輯：羅國洪

封面設計：洪清淇

規矩與方圓（增訂版）—— 從經典作品學習寫作

作　　者：朱少璋

出　　版：匯智出版有限公司

　　　　　香港九龍尖沙咀赫德道2A首邦行8樓803室

　　　　　電話：2390 0605　　傳真：2142 3161

　　　　　網址：http://www.ip.com.hk

發　　行：聯合新零售（香港）有限公司

　　　　　香港新界荃灣德士古道 220-248 號荃灣工業中心 16 樓

　　　　　電話：2150 2100　　傳真：2713 4675

印　　刷：陽光（彩美）印刷有限公司

版　　次：2021 年 8 月初版

國際書號：978-988-75442-3-4